纪念奶奶川美秀子的
两棵樱花树

文兰

作家出版社

作者像

作者简介

文兰，陕西省西安市人。1961年起任教。1964年参军，曾任警卫连文书、宣传处电影放映员、文工团编导。1969年退伍，先后在公安机关从事刑事侦查，在法院任刑事法官。1980年起调入咸阳市文艺创作研究室从事专业创作。1990年加入中国作家协会、中国小说学会。现为陕西省作家协会主席团顾问，咸阳市作家协会名誉主席。国家一级作家。

主要作品

中短篇小说

幸存者（1980）

野隅里的三怪客（1981）

山林之歌（1984）

冰冷的吻（1984）

转弯处发生车祸（1985）

音像之恋（1986）

高楼下的小屋（1986）

夫妻关系十日谈（1986）

副总理弟弟和猫尾巴哥哥的故事（1987）

死亡旅程（1987）

最佳演员发现者（1987）

礼堂对面是教堂（1988）

心震（1992）

玩一玩征婚（1994）

最后的葬礼（1994）

龙堪良报仇（1996）

走进早晨八九点钟的太阳（1997）

落地烂苹果（1997）

张天乐之死（1998）

一个傻瓜一生的最后八个小时（2000）

小说集

攀越死亡线（1990）

文兰中短篇小说选（上、下）（2015）

长篇小说

32盒录音带（1988）

丝路摇滚（1994）

命运峡谷（2004）

大敦煌（2006）

米脂婆姨（2010）

欲望与生存（2015）

目　录

纪念奶奶川美秀子的
两棵樱花树

引 子

奶奶死了，我绝没有想到竟然是被日本现任首相安倍晋三给活活气死的。

奶奶死时，现场唯我一人。如果不是奶奶那只黑布包袱，我说此话，简直就是胡说八道！我也真就是一个专门在网上编造各种耸人听闻的消息的骗子了。

是的，听我说这事的人们会用世界上最简单的思维方式和推断逻辑说这事令人匪夷所思，万分的不可能！想想看，一个大字不识的、一生几乎没离开村子一步的、活到九十多岁的大西北农村老太婆和东海之东的日本首相有什么丝毫的关联呢？

换做我，也会对另一个我发问，而且另一个我将哑口无言，落下个无聊透顶、不可置信、无事专造假奇闻的小骗子臭名了。

可是我就是我。我是奶奶死亡时的亲历者、见证人，我不得不把这件事从头到尾，原原本本讲出来。不过，其中绝大部分是奶奶的那只黑布包袱讲出来的。

1 奶奶是团谜

从我小时候有了记忆起，直到奶奶去世后的第五天，在我的眼里和心里，奶奶就像一本《谜语大全》，有着永远猜不透，也猜不完的谜。奶奶从头到脚，从里到外，浑身都好像挂满着问号。人说眼是心的窗，你先看奶奶那眼。奶奶去世时都九十七岁了，一对唐仕女般的丹凤眼里虽因年龄蒙上了一层薄薄的云翳，但那云翳后面总是透射着一种聪颖灵慧的亮光。我更要说的是，云翳后边那眼珠的颜色，就像暮秋无云的天空，是一种洁净无尘的蓝灰色。我从来没有研究过，世界上哪个国家和种族的人眼是蓝灰色，我只知道纯种中国人的眼珠绝对是黑色。那奶奶到底是怎么一回事呢？再说，我从小就知道，奶奶一直是个没出过远门的、地地道道的乡村农妇，可是你看看奶奶走路的样子，村里人说，就好像戏台上的坤角走台步，或像拿着花扇的演员在轻歌曼舞。还有，村里的女人说，她们和奶奶一道去庙里给神像烧香，或去坟地里给故去的亡者烧纸，奶奶是最习惯跪着的一个人了，那跪着的功夫，村里可没个女人能比。我想，那一定是奶奶长久的习惯使然，久练出真功呀，因为我发现很多时候，奶奶都是跪着干女人的活。比如，奶奶在炕上叠被褥跪着，在炕上往箱子里放衣物跪着，在炕上关窗户开窗户跪着，有时我看有关日本的电影，发现日本两个女人对面说话都跪着，心中就升起令我震惊的疑团。还有就是奶奶的脸色，老了，皱纹是免不了有的，但那肤色就像青石板上涂了一层白灰——青里泛白的那种，而不像当地老年人的那种黄褐色。还有就是奶奶那脚，村里老年人说，凡民国十九年（即1930年）前生的女人，没有一个不是裹着三寸金莲样的小脚的，可奶奶偏偏就留着一双不大不小的脚片，而且拇趾与其他四趾不是裹在一起，而是分得很开。这使我想起日本女人穿的分趾木屐。对这点，村里人一直持疑，爷爷只好释疑说，外地引回来的女人就这样儿。村里识几个字的人问：你说的外地是外省还是外国？爷爷嘴里就支吾：嗯，外省外省。再就是奶奶的身样儿。奶奶是个中等个儿，是个端庄秀丽的女人，虽年至耄耋，却风韵犹存，只是身存诸多谜团。在我眼里，每当奶奶低下头，佝偻了腰，膝下垂吊了小腿儿坐在炕边或凳儿上时，从侧面看上去，那肢体本身，就像一个大大的"?"

奶奶有说不完的谜。

奶奶临去世前，最令我惊心、最令我疑惑莫解的主要有两件事。

首一件是，直到奶奶去世后的第五天，我还只知道奶奶名叫艾中花（其实这个名字的谐音就是"爱中华"，这本身又是一个谜），而更不知道很久很久以前，远在父亲出生之前名叫川美秀子，而且竟是一个在日本土生土长的女人！这简直莫名其妙极了！

第二件是，奶奶去世前，我们家已完全有条件为奶奶去世后，在坟前立一座墓碑，但奶奶坚决不许做。奶奶说，立碑就要写碑文，而她的碑文天下没一个人能写得出来，因为奶奶这辈子的事压根儿没法写。这样说，倒不是要模仿百里之外，在墓坑里睡了一千多年的那个女皇帝武则天。那个女皇帝让人给她立了一座"无字碑"，而奶奶就不配立碑。奶奶说，她这辈子，既是一个受了天大罪的人，可也是一个犯了天大罪的人。家里人问为什么？奶奶说，我死了，你们就都知道了。

奶奶越是这样说，越把我们说得云遮雾罩成了更大的一团谜。

这许多疑问或许只有爷爷能说清，可是爸爸说，他还不懂事的时候，爷爷就去世了。

不过，关于立墓碑，奶奶曾经补充说：

"我死了，你们如果真要孝敬我，纪念我（天！我真的没想到一个大字不识的农村老妇说话竟用了'纪念'这个有文化的词），就把原来二道梁上老庄基院里那棵樱花树移栽到我的墓前去。"

我又问："为什么？"

奶奶还是一句老话："我死了，你们就什么都知道了。"说实话，要从奶奶嘴里套出真实情况，真比从地下党员嘴里掏秘密情报还难！不过，我们宁愿永远不知道，也希望奶奶万寿无疆，永远不要离开我们！

可是，人固有一死，奶奶还是永远地离开了我们。

2　二道梁上的那棵樱花树

公历2014年12月13日，奶奶九十七岁那天，永远闭上了眼睛。

奶奶去世前两天，二道梁突降了一场雪，家里老庄基院里那棵早已落叶的樱花树，白莹莹的像是开了一树银花。落满白雪的树枝，也为奶奶去世披麻戴孝了。

奶奶去世的日子，我们后来吃惊地发现，竟是那样一个非常特殊又非常巧合的日子，12月13日，看过《南京大屠杀》电影的人都知道这个日子。不过在我们家里人看来，这个日子本身，就是奶奶死亡的直接原因。

奶奶临终前说，我死了，你们就什么都知道了。

可是，奶奶死了，我们依然什么也都不知道！奶奶把一切问号在她死亡五天前，全都带到另一个世界里去了。

村里人都说，奶奶是无疾而终的，只有我们家里人，尤其是我，就不能不带着无穷无尽的猜测，琢磨奶奶临终前的种种表象，就像写推理小说的作家一样，以此来分析奶奶真正的死因。

我们农村的老家，在陕西关中稍西的秦岭脚下那条二道梁上。梁下西侧是如今供养西安全城用水的黑河。现在正建的南水北调工程，穿过秦岭流到西安的汉江水，也是从二道梁东边的山洞里钻出来的。据村里的老人说，奶奶自二十八岁由我爷爷带回这个原来只有十多户人家的村子，到死都没离开过这村子一步。奶奶说，父亲八岁时，爷爷就去世了。父亲大学毕业后，为了解决母亲的城市商品粮户口，到陕北一个县城去当了中学教师，而母亲也去那里教了小学。后来，在我上了大学后，父母带着妹妹回到老家县城。父亲在政协搞文史资料，母亲调到县城教小学。父亲在县城买了房，三番五次要把奶奶接到县城去住，可奶奶死活就不去。奶奶说，她恨城市，她一个人在农村住惯了，她一看见城市头就大，心就疼。你说这有多奇怪！奶奶说，她小时候直至青少年时，家虽在城市，可那是在距城市中心很远的郊区农村。在现在的老家还没有搬迁到平原上来的那个二道梁上的房子和没有围墙的院子，与她小时候住的房子、院子惊人的相似。她每天最乐意的，就是站在院子里那棵樱花树下，俯瞰院前二道梁下的那条黑河。虽说小时候家里院前川里那河水自北朝南流，而现在她眼前的黑河自南朝北流，可是在不下大雨的日子，那河水就和她小时候看见的河水一样，碧波荡漾，清凛凛的。河边也一样都栽着柳树、桃树，还有和樱花树有一个字相同的樱桃树。在春天、夏天和秋天的日子里，她站在院里的樱花树下朝西俯瞰，河边的树木都被春风和阳光染绿了。柳树垂下了嫩绿的枝条，漫山遍野的野花开放了。这儿一座那儿一处的村舍镶嵌在绿油油的田野里和黄灿灿的油菜花地里。村里、村外、山坡、河边，到处都点缀着红艳艳和粉嘟嘟的桃花。特别是在夕阳西沉前映照着山川、河流、村舍和原野的时候，奶奶简直就像在观赏一幅色彩斑斓的巨幅风景油画。这时，奶奶就说她仿佛回到幼时住过的房子、院子和周围的景物里去了。

奶奶的老家究竟在哪里，她从来就闭口不谈。

如今，奶奶已离不开这里的风景，更离不开她侍弄了十多年的这棵樱花树了。父亲曾说过，县城的房子也有个六平方米的小院，他可以专门给院里栽一棵樱花树，再不行，还可以把院里这棵樱花树移栽到县城的院里去。可奶奶依旧死活不让动。奶奶说，若把这棵樱花树移栽到县城去，就和她这几十年看到的周围的一切融合不到一起了。一句话，她死活都离不开这村、这院、这棵樱花树！

樱花树，樱花树象征着哪儿？奶奶为什么如此钟情樱花树？奶奶小时候直至青少年时的家、院子、房子到底在什么地方？

就这样，奶奶到死都没离开这村子一步。事实上，奶奶也真的从没去过省城、县城，也没去过别的村，甚至在本村都很少串门儿。更没去过奶奶从未提说过的娘家。从我有了记忆起，奶奶一生走过的只有一条道，那就是自家的房子、自家的院子、自家耕种的地里这条道！人说有人一条道走到黑，奶奶是一条道走到死。村里人都说，奶奶这样，是因为奶奶一辈子都少言寡语。甚至在爷爷把奶奶刚从外地引进村里的几年里，大家都以为奶奶是个哑巴呢！

事实上不是。这使我一直存有追根寻底的念头。

大约在三年前的春天，上边要在我们老家，就是二道梁以南的山区建一个全世界最大的植物园，还有，为保证西安居民用水——黑河水的质量，必须把我们老家二道梁上的二十多户人家搬迁到相距八里地的平原上来。平原上的新房建好了，二道梁上的老房都拆了，奶奶不得不随迁到平原上的新家来。奶奶离开了原来的房子和院子，可是毕竟没离开村子。那棵樱花树也还在原来的地方长着。于是，在没有其他家里人回老家来的时候，奶奶几乎每天要花上几个小时，独自个儿拄着拐棍，爬上二道梁，站在老庄基院子里的那棵樱花树下，久久地朝西边的原野里凝望，直到半下午，才又恋恋不舍地回到平原上的新房子里来！

奶奶和那棵樱花树以及周围的景致有不解之缘。

我对奶奶的这种不解之缘有永难消除的不解之谜。

这之后，我们就更加追根探底地琢磨起奶奶为什么会是这样的原因来。可是琢磨来，琢磨去，除了二道梁上的房子坐东向西，现在平原上的房子坐北向南之不同外，最主要的原因可能就是没有随房移栽的那棵樱花树了。原来大家想着要移栽那棵樱花树来着，可是平原上的院子小得容不下那棵樱花树，而奶奶又和那棵樱花树有着千丝万缕的情结，这就促使奶奶每天拄着拐棍徒步爬到二道梁上去。

奶奶的念想为什么是一棵樱花树呢？

我们分析出这种情况，都很牵挂，为了把奶奶每天留在平原上的房子里，从县城买回一台大彩电，尽管多年前，父亲给奶奶就买回了一台收音机，奶奶爱不释手地老是听，可那东西只有声音，没有图像，所以我们在买电视机的同时，还买回碟机和几张有樱花树的碟片，教给奶奶怎么使用。

孰料，就是这台大彩电，竟成了奶奶的催命符！

3 日本"坏头头"

有了彩电，却依然没有留住奶奶每天去二道梁的脚步。奶奶每天照样到二道梁上去厮守她的那棵樱花树，而对电视上和从碟片上放出的樱花树似乎并不感兴趣。没办法，父亲、母亲、我和妹妹就商量时常轮流回农村老家看望伺候奶奶，能和奶奶多待几天就多待几天。这样又过了些日子，我便发现了一种异乎寻常的现象：自我教会奶奶换频道，介绍了各个频道的栏目内容之后，奶奶看电视，竟和当地老头、老婆子有着奇怪的区别：当地农民看电视，不是秦腔"秦之声"，便是用关中方言演的反映农村生活的"碎戏"，而奶奶每看电视，首选必是新闻，特别是国际新闻。一个大字不识的农村老妇，为什么竟是这样呢？于是我便留心观察，更奇怪的事发生了：每当日本新上任首相在屏幕上出现，若在会议室，走过去转过身，落座在七个幕僚最中间的时候，或是从一层层台阶上走下来，站在前排幕僚中间照相的时候，奶奶嘴唇就哆嗦，若扶着拐杖，就拿起来使劲在地上"咚咚咚"地蹾。我问奶奶怎么了？奶奶就说，看到他，就想起年轻时日本的另一伙"坏头头"。那伙穿军装的"坏头头"，侵略中国把日本毁了，最后给上了绞刑了。继承，你不知道，奶奶一想起几十年前的那伙"坏头头"，心都不好了。我说，奶奶，咱不看了不想了好不好？奶奶年纪大了，看他还惹自己生气。我说了，奶奶却总是由不得要看，看着看着嘴唇就哆嗦，就拿了拐棍在地上蹾。

种种迹象，愈来愈明显地让我感到，奶奶的身世和遭遇，一定和日本以及奶奶所憎恨的"坏头头"有着某种神秘而蹊跷的关系。这又使我回想起在我成长的历程中一些和日本这个国度有关联的事情来。

4　夏令营

　　那年我上初中一年级。我们学校所在城市和日本京都建立了友好城市关系。暑假，京都来了二十多名小朋友，我们城市也选出了二十多名小朋友。我有幸被选中，参加了中日两国两市组织的夏令营。我们和日本小朋友一起游戏玩耍，一起座谈，跳舞唱歌，参观关中各处历史名胜。其间有一次令我永远难以忘记的活动是，日本小朋友中有七名是来自京都郊区农村的孩子，要求到我们西安城郊农村去参观，名曰家访。选择的结果，自然就选在我的农村老家了。七名日本小朋友和我乘一辆夏令营派的小中巴车，还带着一名日本老师和一名中国翻译。车到老家，小朋友们陆续下车，齐声向奶奶问好时，奶奶一听说是日本京都来的孩子，等不得翻译，奶奶就高兴得眼里汪出了泪水。奶奶像见了久别的娘家亲戚娃一样招呼日本小朋友。从来少言寡语的奶奶仿佛有千言万语要说，但看起来却是那样拙嘴笨舌，即使用多年学练的关中方言和日本小朋友说几句话，却莫名其妙地带点儿日语的腔调，就像电影、电视里中国演员演日本人说话时的腔调一样。不知奶奶是高兴、激动，还是伤感难过，反正情感很复杂地流着泪，而小朋友们反而觉得好玩都笑了。奶奶不便多交谈，就急忙拿出从秦岭山里和自家院里以及田地里采摘下来的核桃、毛栗子、桃子、杏子、西瓜、梨瓜，还有葵花子等等。小朋友们吃得很开心，吃完了，就满院子跑着玩。接下来小朋友们说想到田野里去玩。奶奶就说，承儿，把小朋友们带到二道梁老庄基去玩，那里有小朋友喜欢的樱花树。日本小朋友一致要求奶奶一起去，奇怪的是，翻译还未开口，奶奶就答应了。日本小朋友和我把奶奶扶上中巴车，一起上了二道梁。小朋友们坡上坡下地跑着玩，几个小朋友还说二道梁下的黑河很像京都的鸭川，然后又一个个拉着我和奶奶在那棵樱花树下面朝西看着黑河水合影留念。奶奶让我把小朋友们的名字都记下来，将来照片洗印出来，把一个个名字都写在相片背后。

多半天下来，简直就和一家人似的。半下午离开的时候，大家都恋恋不舍。七个日本小朋友团团围住奶奶，身两边的还抱住奶奶，一声声用日语叫着奶奶，不用翻译，奶奶竟老泪纵横了。直到小朋友们下了二道梁，已走出好远，奶奶还站在院前那棵樱花树下，向小朋友们挥手送别，随后，中巴车拐个弯，消失在二道梁背后，奶奶才回过身，放声地哭了起来。

我不明白，仅仅半天时间，奶奶和日本小朋友的感情何以达到如此程度？

不久相片冲洗出来，我拿回家一个个给奶奶看了。奶奶让我做了小镜框，把照片镶在镜框里。奶奶并不把镜框挂在墙上，而是时常双手捧在面前，要么翻来覆去地观看，要么用手轻轻地抚摸。真让人捉摸不透。

三个星期的夏令营很快结束了。我们和日本小朋友就要离别了，虽都发誓一定要再次相聚，但谁心里都明白，远隔千山万水，各处异国他乡，年纪又小，未来飘忽不定，这是第一次幸运相处，也极可能是一生唯一的一次相遇相处，小小心里，都不是滋味。所以最后几天里，都沉声少语地忙着留电话，互抄通讯地址，笑着合影，哭着拥抱，满含深情地赠送纪念品。最后分别之刻终于到了，"相见时难别亦难"，当大家把日本小朋友送上开往国际机场的大轿子车时，所有小朋友都情不自禁地抱成一团哭成了泪人儿……

5 奶奶不让去日留学

夏令营活动结束之后，不知过了多长时间，听老师说，有一个什么组织机构到我们老家，找奶奶调查什么事情。星期天，我回老家问奶奶怎么回事。奶奶说，来人问她老家，也就是她娘家在什么地方，哪个省？哪个县？什么村？奶奶回答说，在河北、山东和江苏三省交界处的一个村子。后来调查的人返回的话说，奶奶所说，的确有其村，不过，在日本军队实行"杀光、抢光、烧光"的"三光"政策时，把这个村子彻底从地球上抹掉了。

大约又过了五年，我该高中毕业了。此前，我曾三次和夏令营时结识的日本小朋友有过书信来往。那时国际长途我们家还打不起，只能在信里深深地表达思念之情。加之这时家里也有了些经济条件，于是我忽而滋生了想去日本留学的念头。我把这想法和父母以及奶奶说了，万万没想到，因夏令营本该支持的奶奶却首先表示了反对。奶奶叫着我的名字说：

"继承，你去哪个国家都行，唯独就是不能去日本。"

我问："奶奶，为什么？日本怎么了？夏令营时，奶奶不是挺喜欢日本小朋友吗？"

奶奶说："奶奶是喜欢日本小朋友，这就跟奶奶喜欢日本的山山水水、花草树木一样。咱院里那棵樱花树，奶奶每天都要看它一会儿呢，它象征着日本的风景人情呢。可是奶奶就恼恨日本的'坏头头'。一个头头管着一个国家，他叫日本人干啥就得干啥。日本的头头，好的少，坏的多，那年日本攻占南京，一个叫松井石根的坏蛋领着兵，一个多月里杀了三十多万中国人，奶奶就是……"

奶奶刚说到"是"，忽然打住了，听得出来，显然是失口道出了不该说的话。于是我问：

"奶奶就是什么了？"

"奶奶就是，"奶奶略显紧张地接上话茬，但很显然不是原来要说的意思。奶奶说：

"奶奶就是知道这个'坏头头'后来让中国判了死罪枪毙了，在日本给上了绞刑绞死了。"

"奶奶怎么知道的？"

"后来，就从你爸给奶奶买的收音机里听到的。"

"奶奶还听到什么？"

"还有就是日本打中国那年，日本'坏头头'把中国的、朝鲜的，还有日本自己国家里的成千上万的年轻女子弄到兵营里当慰安妇，让杀中国人的日本兵黑天白夜轮着糟蹋。不从的，都用刺刀从下身刺捅了，做的全是牲畜做的事。"

奶奶讲得如此逼真详尽，让人有种身临其境的感觉。我好生蹊跷，接着便探问道："奶奶，广播里说得这么详细，让人听着像是见过似的。"

奶奶没有接着刚才的话茬说下去，而是拐个弯儿说道："这些事，就是你参加夏令营那年前后，有一个姓河野的日本头头向天下人认错了，道歉了，各国人也都原谅日本人了。可奶奶刚说了，日本头头好的少，坏的多，谁敢保证往后再不出现'坏头头'了？你爷爷活着时，给你爸爸起名叫抗战。你爷死后多年奶给你起名叫继承，知道为什么吗？就是要你记住日本'坏头头'杀中国人，指使日本兵糟蹋天下女人的罪过呢！承儿，如今你还想去日本留学，去那儿能学些什么呢？学杀人？学糟蹋女人么？"

我想说："奶奶，你说的我听见了。原先我去日本想学历史，或学日语，我时常想起夏令营的那些小朋友，他们现在也都长大了。想去学日语，是因为，夏令营时，我就感到和日本小朋友交流不方便……"

奶奶听了遗憾道："承儿，你刚才说学啥历史，历史还不是人编的么？一朝人说一个样子。那个河野说日本兵糟蹋慰安妇是犯罪，杀中国人是侵略，谁敢说有朝一日日本上来一个孙子辈的'坏头头'又不认河野的这话了呢？再说学日语，你要学，就学纸上写的，文明话怎么说来着？噢，叫书面语对不？可别学日本人嘴上说的，叫什么口头语是不？奶奶看电影，看电视剧，一听见日本人自己说，或中国演员模仿说什么'大大的，幺西！'心都不好了。就是学纸上说的那日本话，听说在国内的外国语学院就能学到，何必隔山绕水跑那远路，说不定还学些坏毛病。人说跟着好人学好人，跟着师傅学假神！"

于是，我就没有到日本留学去。

不过，让我又一次吃惊和疑惑莫解的是，一个大字不识的农村老妇，为什么知道和关注日本的事那么多？为什么一提起日本，一向少言寡语的奶奶就恨之入骨，咬牙切齿地说个没完没了？

6 奶奶活活给气死了

奶奶过去的担心、疑惑和猜测，仿佛是一个英明的预言家。奶奶在我想留学日本时曾说：谁敢保证日本未来不会又出一个在中国杀人放火抢地盘，又糟践妇女的"坏头头"？那个"坏头头"不光打中国，打朝鲜，打越南和菲律宾，还欲称霸世界，建立什么"东亚共荣圈"，沿着太平洋圈儿一齐往过打，连离日本老远老远的美国也偷袭。结果让美国扔了两颗原子弹投降了。奶奶说，真要再这样打起来，可怎么得了呢？我说，奶奶，中国现在强大了，任人宰割、任人欺凌的时代已经一去不复返了。现在谁也灭不了中国了。再说，奶奶年纪大了，打仗是国家的事，是领袖的事，你要多多保重身体呢。奶奶看上去一点也不听劝，因为她说：

"承儿，有许多许多事你一点也不知道，可奶奶也不能告诉你……"

"奶奶，"我不得不问，"为什么不能告诉我？"

奶奶说："要能告诉，几十年前就告诉了。要告诉了，全家人早就在人前抬不起头了。这个家早就毁了。"

我没有再问，想来问了奶奶也不会告诉。我沉默起来，内心却凝结出一种如闻惊雷一般震撼的秘密，虽然我并不知道奶奶坚持的秘密是什么。

奶奶仿佛看出了我内心的惊疑和不安，于是接上话茬说："承儿，别急，奶奶说过，奶奶死了，你们自然就都知道了。上次日本那伙'坏头头'到处烧杀奸掠时，奶奶才十七岁，在很远很远的地方，如今都九十七岁了，一辈子不愿两次遇上日本的'坏头头'，看来奶奶活不过一百岁了，这'坏头头'要把奶奶气死了……"

我也说过，奶奶是个英明的预言家。事实上，奶奶所预见的日本要出的"坏头头"，真的把奶奶气死了！

奶奶被气死的那天傍晚，正好我在老家。奶奶看着电视，情绪极为反常。我劝慰奶奶的同时，考虑到奶奶恼怒的情绪是看电视新闻触发的，于是心里像过电影一样急思快寻，检索回忆，联想到这一年多来的情形，发现触发奶奶愤怒情绪的主要有这几种新闻：一是安倍参拜靖国神社，后又宣布解禁集体自卫权，要修改日本和平宪法；二是最让奶奶怒火中烧的要重新调查修正关于日本慰安妇的河野谈话。还有就是一会儿向外卖武器，一会儿从美国进口武器，再就是用钓鱼岛给中国惹事，还时常联合美韩在中国的大门口军演。具体到当晚，安倍在电视上得意地诡笑着宣称他领导的执政联盟在选举中获胜。评论说，这样的选举结果，给安倍继续执政打好了基础……

"完了！完了！"奶奶听到这里，几乎绝望地悲呼道。

我急了，问："奶奶，你怎么了？"

奶奶愈来愈激愤、愈绝望："毁了！毁了！日本又要毁了！中国人又要遭大害了……"

"奶奶!"我说,"中国已经强大了,日本再翻不起二战时的大浪了,再说,打仗那是国家领导的事,有政府,有军队。你年纪大了,用不着操心、着急、生气了……"

奶奶看上去情绪过于激动,已控制不住,一边嘴里不停地说着那几个词儿:"毁了毁了,大难又临头了……"一边烦躁激愤地时而坐下来看一眼电视,时而又站起来,拄着拐棍,不停在地上"咚咚……"地蹾,不停颤巍巍地在屋里来回走。我连扶带抱地把奶奶往里屋席铺上扶。奶奶却禁不住硬要看电视,看了又重复刚才的动作。我又急又慌乱,我再次从身后抱住奶奶往里屋铺前拥,发现奶奶双手冰凉,浑身哆嗦,言语错乱,完全不能自控。我用尽全力把奶奶扶到席铺上,让奶奶躺下来,可这时,外屋突然响起了警报声。奶奶听见警报声,猛地坐起惊恐地急呼:

"承儿,快跑!你爸你妈呢?你妹子呢?快跑呀!日本飞机来了,要轰炸了!日本兵进城了,开始扫射了!快跑呀!"

奶奶一边呼喊,一边就急忙挣扎下铺,我劝道:"奶奶,外边的警报不是日本飞机轰炸。今天是12月13日,国家在南京公祭,习主席都参加了……"

"啊?承儿,你说今儿是12月13日?"

"是,12月13日,是国家为南京大屠杀设立的公祭日。"

奶奶听见12月13日,像是条件反射,像看见有人用刺刀刺进了她的胸口,在她就要倒地之时,嘴里一边不停地,气息愈来愈弱地反复说着:"12月13……12月13……"我这时发现奶奶眼睛发直,牙齿无力地打斗,脸面抽搐,口唇歪斜。我怕了，急得哭着呼叫："奶奶……奶奶……"奶奶气息渐渐微弱，拼尽最后全部气力说：

"承儿……告诉你爸妈……埋……埋奶奶时，把那棵樱花树，栽到奶……奶的坟上去……"

我咚一声跪在奶奶身边，大声吼叫："不！不！奶奶！我不要你离……"奶奶已不能回答我。我疯了一样掏出手机给父亲母亲打电话。信号不好，我奔到门口去打，等打完电话回到奶奶床前，奶奶已经走了。我跪下来，伸着双臂抱住奶奶死命地哭。我小时候，父母在陕北教书，是奶奶喂汤喂水，擦屎接尿，一手把我养大。奶奶一生对任何人都少言寡语，唯独对我，从小就有说不完的话，我真的和奶奶相依为命地到了现在，没有了奶奶，等于让奶奶说的日本那个"坏头头"掏走了我的心。我站起来，捞起奶奶的拐棍，几步跨到电视机前，只等奶奶说的那个日本"坏头头"出现，我就照着那个坏东西的头将电视机砸个粉碎！

7　奶奶入殓时的惊天发现

当晚我打完电话一个多小时之后，父母和妹妹便从县城赶回农村老家来，还带回来了一个医生。父母进门时我还跪在奶奶遗体旁边哭。医生和父母一进门，急忙向奶奶遗体走来，而我倏地站起，哭着喊道：

"你们这时回来管什么用！奶奶已经走了！"

父母和妹妹一听这话，咚一声，一齐跪在奶奶遗体前放声哭了起来。医生认为已经来了，就走到奶奶遗体跟前检查了一下，全家人哭了阵儿就停了。医生说，奶奶是因心绞痛和心肌梗塞死亡的。我说奶奶是被日本"坏头头"气死的。尽管我不知道为什么，但眼见为实，我是亲眼看见奶奶被气死的。父亲又问，奶奶不是说她死了，我们就什么都知道了么，现在奶奶死了，继承你知道了什么？所以说，有时候，人在情绪激愤时说的话，就不要认得太真。现在奶奶已走了，在咱这地方，人过八十下世，是悲事，也是喜事，红白喜事么。何况奶奶今年只差三岁就是百岁老人了。现在我们立即要办的事，就是洋洋火火把老人安埋好了。我记着你奶奶此前只有一个遗言，她死了，要把二道梁院子里那棵樱花树移栽到她的坟上去。继承你这两天在家，奶奶临下世还有什么其他交代？

"交代了！"我忿忿地吼道，"我要把害死奶奶的日本'坏头头'劈成八件地杀了！"吼完这句话，因气愤，我的眼泪刷地又流下来，又不由自主地跪在奶奶遗体前哭了起来，越哭越难过。我和奶奶一起生活了三十多个年头，总感到奶奶有许多冤屈没有说出口。奶奶是带着极度的悲愤和委屈离开人世的。我在想，如果没有那个"坏头头"，奶奶真是保准活到一百二三十岁呢！

奶奶的丧事紧锣密鼓地开始了。

按我们当地的风俗，无论男女，凡过七十岁离世，都算老丧，遗体都要在家里敬奉七至九天才入土。这就使我们有了办理丧事的时间。因为此前我们想着奶奶肯定活过百岁，所以棺材没做，坟墓没打，而这一切现在做起来就有了时间。

奶奶去世的第二天早上，父亲便进县城为奶奶买寿衣，就只这点迟了一步。按理如此高寿之人，寿衣都是提前做好了的，家人一旦发现老人快要咽气，趁老人身子软着，把老衣穿好，老人刚低头，家人便要全跪下来哭着烧一把倒头纸。而现在就只能补烧一把倒头纸。一般跪哭时间是，纸一烧完，哭声即止，家人起来就商量丧事去了，而我一跪下来，就哭个没完没了。家人都知道我和奶奶的感情，没急着把我拉起来。后发现我哭声不止，才把我拉了起来。

上午开始，首件事，请匠工进门，去县城买棺材板回来开始做棺材；二件事，选墓地，父亲托人请来阴阳先生。我提出许多客观条件限制，比如奶奶遗言要把那棵樱花树移栽到坟头上，我又提出坟地周围环境要尽量符合奶奶生前站在二道梁院前观风景的习惯，加之搬迁后的土地问题。阴阳先生说，那他就无能为力了。我说那你就走人。全家人都愁眉苦脸地看我，我思忖后提出，干脆把奶奶安埋在二道梁老宅基院里那棵樱花树旁。这样既不用重新选墓地，也无须移栽樱花树，奶奶死后灵魂依旧可以站在樱花树下，观赏对于她有某种纪念意义的秦岭山下的风景。这样奶奶就虽死犹生。

大家说，继承到底是他奶奶肚里的蛔蛔虫！不愧是他奶奶的亲蛋蛋，最了解他奶奶的心思。

了解什么呀！奶奶是含着极度悲痛、愤懑、委屈、怨恨离开人世的，这些令人揪心、令人愤恨的谜底到底是什么？奶奶多次说过，她死了，大家就什么都知道了。现在除了知道奶奶是被日本那个"坏头头"气死的，还知道什么？！一个大西北农村老妇为什么会被日本的"坏头头"气死，谁能说清楚，道明白？

五天过去，棺材做成，墓穴打好，第六天傍晚，奶奶遗体要入殓了，因是大冬天，没有租赁冰棺，奶奶的遗体一直在一页床板上放着，仍保持着生前的容颜。父亲请来本户族和亲戚有成殓经验的长者，指导大家把奶奶遗体放入棺内。大家都悄无声息地工作着，现场一片静默。待有经验的长者看好端正，用纸包将奶奶遗体固定好了，有经验的长者按当地习俗，要家人给棺内放了五谷杂粮和在冥国的买路钱以及零花钱，还要把亡者生前常用的和最喜爱的物件放入棺内。家人都知道奶奶一生简约，无甚嗜好，最该放的，就是那根从八十岁开始拄的枣木拐棍。拐棍在奶奶遗体身边放好了，有经验的长者最后又问，大家再想想，别把什么忘记了。父亲说，偶尔见奶奶有只黑布包袱。母亲说，不用看了，那包袱是老人平时包旧衣服的。长者说，还是看看好。因为我经常陪伴奶奶，知道奶奶的东西在什么地方放着。我走进奶奶住的房子，找到钥匙，打开老式板柜，从柜底取出那只黑布包袱，放在奶奶铺在地上的榻榻米床垫上。自房子从二道梁上搬下来后，因为没必要再盘火炕，奶奶一直坚持要睡地铺，说她年纪大了，上下床不方便。在二道梁上时，睡火炕，是北方人千百年的习惯，奶奶从外地进这村时，家里原来就是火炕。搬到平原上后，农民学城里人，都不盘炕而支床了，于是奶奶就有理由，也有条件提出要睡席铺了。而奶奶说的地铺，实际就是用两根短方木摆在两头，上面架上床板，再放上床垫。我说，奶奶，这不就是日本人的榻榻米吗？奶奶说，是的，韩国人睡的也是这东西，对老年人还是方便。不过，后来，我们大家还是叫它为床或是席铺。

我在席铺上打开包袱，看见奶奶又用一件黑布夹袄包着几层衣服，我像演小戏《拾黄金》一样，一层层打开，一看惊得呆若木鸡，双手僵住不再翻动，因为包袱里包的根本不是旧衣服，而是一厚沓废纸。细看起来，废纸既有上坟烧的黄裱纸，又有父亲和我小时候上学用过的作业本，还有的是不知奶奶从哪儿捡来的废纸片。奶奶为什么要包千层裹万层地积存这些废纸片？我惊疑地拿起一些纸片，并把那些陈旧的作业本儿翻到背面看，上面全用日文密密麻麻地写着些什么。我以我在外语学院学得的日语水平粗略地读了几行，惊得心差点从喉咙里蹦出来！

原来，这一摞废纸，竟是奶奶时而用铅笔，时而用油笔，用日文在数十年间，偷偷地、零零碎碎写下的一片片、一页页、一沓沓回忆录样的、有关她一生的经历和事件！这一包袱废纸片包藏着的是那些骇人的、蹊跷的、极其复杂而又悲愤的谜团的谜底！

这时，我恍然大悟，奶奶生前多次说过，她死了，我们就什么都知道了，实情竟是如此！

这时，我可以肯定，奶奶在来到这个村、这个家之前，绝对是个有文化的日本女人！可一直以来，我们全家还都以为奶奶是一个只字不识的农村妇女呢！而且由此知道，几十年来，除了对我，为什么一直少言寡语；为什么像情恋自己的亲人一样情恋那棵樱花树；为什么像疼爱自己的孙子一样疼爱夏令营时的那些日本小朋友；为什么我想去日本留学时坚决反对；为什么鼓励我学日语，但只准学书面语不学口头语；而多年后，作为一个远在中国西部农村，从不和社会发生联系的老年妇女，在电视上看见新上任的日本首相说话竟被气死?！这一切难以想象的，更加惊心、更加重要、更加不可思议的谜底，全都包藏在眼前这一摞废纸里！

所以，我认定这一堆废纸就是奶奶的一生！不但不能放进棺材，此刻也不能告诉他们我这令人吃惊、令人意想不到的发现。我必须等到奶奶入殓之后，在众人慌乱之中，找个地方悄悄独处下来，认真仔细地阅读，随着奶奶这些我学过的异族语言文字，用心地去回忆，去思索，去探究。

我心狂跳不已地走到院子，说，我找了，再没有什么东西需要给棺材里放了。

指导成殓的老者说，那就成殓吧。

乡里人一听成殓，就知道是合棺盖。明白这是所有人，特别是朝夕相处的亲人能看见亡者容颜的最后一眼。棺盖一合，就再也无法看见亡者生前有质有感的实体形态了。于是跪在棺前的亲人便一声吼，撕心裂肺捶胸顿足悲痛欲绝地痛哭起来。特别是我，一边揪肠破嗓地号啕，一边猛地站起来扑到棺前，双手掀住棺盖，从棺盖和棺板间的缝儿里看着早已不会说话的奶奶，哭喊着奶奶，在心里求道：

"奶奶，你别走啊！你在那些纸片儿、作业本儿上说的话我还没顾上看呢。你走了，孙儿就是看了，也不能和奶奶再在一起说了啊，奶奶……"

棺盖终于合上了。只有我知道，奶奶悲愤含冤忍气吞声的神情刻骨般永远留在了我的脑里、心里和悲痛的精神世界里……

成殓之后，仍是关中西部的民间习俗：亡者寿愈高，灵柩在家放置的时间就愈长。奶奶虽不属无疾而终，是被日本"坏头头"气死的，但毕竟活了九十七岁，这在二道梁村里，已是很罕见了。一个人如此长寿，一则说明亡者身体硬朗，二则说明亡者积德行善，有了阴德，老天爷自然让她长寿。但是，只有唯一知道奶奶是日本女人，并亲见奶奶死因的我，才猜测到，奶奶硬挣挣扎扎支撑着活下来，就是要等有朝一日，她的祖国出现一个明智的，哪怕就像1990年初那个叫河野的内阁长官一样的头头，以便使日本在全世界人面前改变疯狂的、恶魔般的形象，使日本能和全世界和平友好的国家和人民，特别是和她生活了后大半辈子的中国人民和睦相处，这样才能使她在七十多年前那场由她祖国的"坏头头"发动的罪恶战争中死去的家人的灵魂得以安息，这样才能使她死时心绪舒坦地合上她一辈子都无法合上的眼睛。

父亲说，奶奶的灵柩在家里要供奉半个月才安埋呢。这不单因为奶奶特别高寿，还因为我爷爷在他八岁时就去世了。是奶奶独自个儿含辛茹苦、受尽艰难才把他拉扯大并上了大学的。现在日子好了，有条件感恩戴德把奶奶好好地安埋了。父亲说，他要请当地手艺最高的匠人把奶奶的灵柩给彩塑了。棺头棺尾要浮雕样地塑上"金童""玉女"等图案和"福""禄""寿"等字样；棺盖上要立体样地彩塑上龙、凤图样；灵柩两边还要以仙鹤、祥云相陪衬地彩塑上八仙过海等带点仙气神灵的图样。一句话，奶奶在这村里是最高寿的，葬礼也要最高档的。另外，当地安埋老人，日子过得特别好的，还要唱大戏。论日子，咱也请得起大戏，凭奶奶一辈子受的苦，也值得唱台大戏。可是国家这两年提倡节俭办丧事、搞婚庆，反对铺张，咱请台皮影戏也就行了。但经得念，法事得做，左邻右舍、乡党熟人守灵打牌也好，亲朋好友、单位同事前来吊唁也罢，都得好好招待。这样估算下来，半个月时间，一点也不松闲呢！

听了父亲一大串安排，我感觉说不出的难受。我心里说，你们了解奶奶吗？你们知道奶奶的心情和最需要什么吗？你们知道奶奶喜欢不喜欢当地婚葬习俗？不过，这样过于复杂的安排倒也给我提供了阅读奶奶回忆录式的日记较充裕的时间，我必须在奶奶的灵柩在家供奉的时间内，读完奶奶留下的回忆她一生遭遇的文字，弄清奶奶为什么和怎么从日本来到中国，怎么由一个日本女人变成中国女人而且竟无人了解其中缘故，这中间到底包含着多少蹊跷。在这些疑问弄清之后，才会让我和奶奶明明白白地永别，甚或让我知道在和奶奶永别之后，我该如何去做。

8 摆在最上面的最后遗言

从奶奶成殓后的第二天开始，我几乎每天都以去奶奶墓地看看为由，一部分一部分地带上奶奶用日文写下的回忆录式的日记。甚至还带上干粮，去奶奶的墓地，坐在当地人称为黑堂的墓洞外的天井里，一页一页地看着，心里梳理着，和奶奶在天之灵一起回忆着，在我心里翻译着中文，在我心田的纸页上，以泪为墨地叙写着……

全家人都知道我和奶奶的情感至深，任凭我想干什么就干什么，以此来减缓我失去奶奶的悲痛。

先天傍晚成殓时，我在奶奶住的里屋打开奶奶的黑布包袱和黑夹袄，放在那一摆纸页最上面的，是两页奶奶用日文直接写给我的一份最后遗言。我吃惊地拿起来，先快速地扫视了一遍。很显然，那是奶奶去世前三天刚刚写出来的。日本书面文字本来就像其间夹杂着汉字的一行行横七竖八摆出来的豆芽菜，再加上奶奶因百岁高龄形成的神衰体弱和气愤烦躁生成的情绪，颤颤巍巍写出的文字，即便是日本人，也难看得清楚了。但是，因了我长期和奶奶相处，有种血缘的情感和相互了解的因素，我还是看得明白。这最后的遗言译成中文就是：

承儿：

　　今天是奶奶第一次，也是最后一次用日本字给你写话。你没想到奶奶是个日本人吧？请原谅在近七十年的时间里，奶奶欺骗了你，欺骗了你爸爸以及全家。奶奶让你原谅，是因为这是没办法的事。你记得奶奶曾含糊其辞地告诉过你，如果奶奶很早把这一切说给你和爸爸甚至全家人，你们就在人前抬不起头，会遭到外人的歧视甚至监视。今年，特别是近期以来，奶奶每看电视新闻，就勾起了12月13日这个奶奶刻骨铭心的日子，这是奶奶被骗到中国来，开始被欺辱折磨的日子，想起这个日子，奶奶觉得再也支撑不住活下去了，奶奶就要离开儿子、孙儿、全家人了。所以就不得不写给承儿这份没有遗产的遗言了，也不得不把奶奶用日文写下的一生不幸的遭遇留给继承孙儿了。

　　自奶奶随你爷爷走进了这个村、这个家，已是第六十九个年头了。奶奶这一辈子的事，只有你爷爷一个人知道，可你爷爷又离开人世早，后来的世事，更让奶奶不能把自己的事告诉任何人。因为在前几十年的中国，大大小小的运动从来没停过。奶奶是昭和二十年，就是公历说的1945年随爷爷来到二道梁这村子的。那时解放军正和国民党打仗。解放初镇压反革命，你爸长到八岁，你爷爷去世，1957年反右派，再后四清，尤其后来的文化大革命，别说奶奶是个日本人，就是真真正正的中国人，犯了政治上的事，不劳改、枪毙，最轻也就成了永辈子被整治的人了，儿孙们也就不能在世上活人做事了。更别提像奶奶这样无人证明身世的日本人，特务、间谍、反革命，一堆帽子会戴在奶奶头上，奶奶坐牢、枪毙事小，中国人的话，奶奶会被株连九族，全家都受牵连不能在世上活人了。可是呢，日本"坏头头"过去对世界，更是对中国作的恶，犯的罪，造的孽，是个人，都永远不会忘记的。奶奶随你爷爷到了关中秦岭脚下这地方，不敢跟任何一个人说起奶奶和其他千千万万其他国家女人被糟蹋、受欺辱的事。这些刻骨铭心、没齿难忘的仇恨，怕日子好转了，给淡忘了，或中国后辈儿孙被日本新出的"坏头头"欺蒙了，从很早很早就偷偷地用笔记下来。原想着，若日本不再出现奶奶年轻时那样的"坏头头"，日本永远地知道和平了，不再嫌自己的国土小，总想侵占别国的地盘，不再为这个和其他国家闹腾打仗，永久地和平了，奶奶临死前肯定就把记下的全都烧掉了。

可是承儿，事情不是奶奶想的那样子。自你爸爸早年给奶奶买收音匣子，后来给奶奶买了电视，自奶奶在电视上看见日本又上来了一个安倍，不但自买枪买炮，还要抢占中国地盘。如果真的再打起仗来，那还不又有千千万万人给杀光了，千千万万村镇城市给抢光了，烧光了，还不又把日本和其他国家千千万万妇女强迫到部队，让杀人的日本兵糟践，给死里折磨！奶奶今年九十七岁了，那时日本兵糟蹋、强奸中国妇女，小至七八岁，老至八十岁，都不放过呢！奶奶一看见这些，一想到这些，就揪心地感到，这个"坏头头"若不快点下台，再把日本这样疯疯张张地领下去，那日本就没有再好的指望了，天下又要像二战时一样地死人，女人又要像二战时一样被奸淫、被折磨。奶奶一看这些就心绞痛，特别这两天，原指望这个"坏头头"快下台，结果日本人全疯了，竟让这个疯子领导的联盟获胜了，所以奶奶就觉得再也没指望活着了……

承儿，奶奶做梦都想着你一定会看到奶奶这最后给你说的话和这一摞记事。奶奶没有烧掉这一沓纸片。你要好好保存它，细读它，这也是奶奶反对你留学日本，又支持你学书面日语的缘故。你要牢牢记住奶奶所写的，记住奶奶和千千万万妇女因受欺辱和折磨所生的仇恨，明白奶奶当初为什么不肯回日本，为什么一生忍气吞声少言寡语！

承儿，奶奶原想着，奶奶记下的这一切，你看了，知道了，明白了奶奶为什么要对你、对全家隐瞒了一辈子，不埋怨奶奶就谢天谢地了。往后只要承儿好好为国家做事，和全国人一起让中国强大，不和日本老百姓记仇，只要让日本"坏头头"不敢再领兵抢占中国地盘、欺负中国，奶奶在九泉之下也心安了，奶奶记下的这一切，就可以付之一炬了。可是，奶奶现在看来，不行啊！是狗就忘不了吃屎啊！所以，奶奶改了主意了。如今你也长大了，成人了，有了文化了，况且中国绝大多数人也都有了教养，有了文化，有了了解历史，理解人性的素养了，不会因为知道奶奶是名艺伎被骗来中国强迫做了慰安妇，从而歧视你、歧视全家，让全家没法在社会上做人。相反会同情奶奶，并通过奶奶经历的不堪回首的遭遇，部分地了解历史，勿忘国耻，记住日本当年如何野兽一般地侵略中国，灭绝人性地欺辱中国。所以，奶奶希望继承孙儿不但不要焚烧奶奶的回忆记述，还要设法把奶奶记下的这一切弄到有更多人能看到的地方去，什么展览馆呀，博物馆呀，或者报纸呀，电视呀，甚至把奶奶的记述原文原样地印成一本书，就是那种日文、中文两面对照的那种。

承儿，你能做到吗？奶奶相信你能做到。你做到了，奶奶在墓下也就永辈千年地心安了！

9 中国、日本两条河上两个家

　　我心惊情急地看完奶奶最后的遗言，感觉里完全验证了我此前已渐明晰的判断：奶奶在很久以前是个日本女人。但是更多的，更加至关重要的疑团却依然未得其解。比如奶奶因何到中国来？怎么到中国来的？为什么对日本七十年前的"坏头头"恨之入骨而又被七十年后的"坏头头"活活气死？奶奶从小在日本什么家里成长？年轻时到底是什么身世？这一切使我迫不及待地要把奶奶留下来的一摞子记录尽快看完，从而获得最重要的答案。

　　刚吃过中午饭，我便急急忙忙依次取出一沓奶奶的回忆录，趁大家忙乱，悄然无声地上了二道梁，坐在为奶奶挖好的墓道里看了起来。奶奶开始写道：

　　　　昭和二十年，也就是1945年8月15日，我后来的男人艾习武把我从中国山东、江苏、安徽三省交界处的一个收容所里带到陕西关中秦岭山下叫二道梁的村儿里来。在由收容所里出来的时候，我后来的男人艾习武问我叫什么名字。我说我叫川美秀子，是用日语说的。艾习武听不懂，懂日语的中国翻译用中文翻译说叫川美秀子。艾习武就鹦鹉学舌地说了几遍，仍是绕口结舌地说不下来。于是就说，穿啥袖子，往后不要叫这名字了。叫这名字，我把你引回我老家，公家说你是日本特务，不把你杀了就怪了。另起个名儿吧。我姓艾，不识字，只会写自己名儿，不知给你起什么名儿好。翻译问，按规定，你得遣返日本，你为什么坚决不回日本？要留在中国？我说：我恨日本。日本把我骗到中国来，欺辱我，糟践我。翻译问，那你说你留中国是爱中国了？我说，哎。翻译问，为什么？我说我是日本人，最后得当俘虏，日本的头头有命令，一个日本女人都不能留给中国，必须全部处理掉。战争年月，日本军人头头说的"处理"就是"杀死"。日本兵要杀我，中国兵没有像日本兵杀人那样杀我，倒是日本兵正要杀我时，中国兵艾习武把那个要杀我的日本兵杀了，把我救了，还给我看了病。中国人心里善，待人厚道，处处关照。翻译又说，那好，你既然爱中国，现在中国叫中华民国，你又愿意给中国人当妻子，这个救你的中国人姓艾，在中国话里和"爱"同音，你就起名叫艾中华吧。我听了这话，得救似的笑着点了点头。后来到了关中这个叫二道梁的村庄，说我是从山东引回来的媳妇。村里有识字讲学问的先生，按当地给女人起名叫什么花，什么莲，什么玉的习惯，就改"华"为"花"，叫艾中花了。从此以后，在日本时叫的那个川美秀子的名儿，就永远没人知道了。

我来到二道梁这个村庄以后，看见这里虽然贫穷，是个很偏远的山乡，但是每当我站在二道梁院场头朝坡下西边看时，觉得这里不只是风景秀丽，跟画儿似的，而且山川、河流、地形，和我在日本故乡京都郊野的景致几乎一样。这常常让我联想起我小时候至青少年时的许多事来……

接下来，奶奶就开始写她的故乡、她的家、她的生活以及她从小经历的事儿。

总体来说，奶奶说她日本老家，虽不显贵，也不富足，但那是一个平静、温馨、安逸的家。奶奶说她那个家虽在距京都市区很远的郊野乡间，但归京都管辖，人也是名副其实的京都人了。奶奶说，听老人讲京都原来是模仿中国唐朝的长安城营建，后来发展得和中国长安一样，是很有名的历史文化名城了。京都西、北、东三面环山。市中心处于盆地之中，由东北至西南，渐趋倾斜。区内主要有两条由北向南穿城而过的河流。西边的一条名曰桂川，东边一条名曰鸭川。城区内以朱雀大道为中心。而中国西安，南门以西，也有一条名曰朱雀的大街。奶奶川美秀子的家就在鸭川中下游东岸的半山坡上。鸭川两岸广植樱花，风景秀丽，气候宜人。奶奶写到，她的家是在鸭川东岸山坡的一小块平坝上。背依山坡，坐东向西，是用稻草苫的三间外加一间偏房的茅屋。大约她八岁时，也就是大正十四年，家里把用稻草苫的茅屋改建成瓦房。房前有一片场院，院里有一棵碗口粗的樱花树。

奶奶二十岁前，每在家时，常常就站在坡头院里的樱花树下，朝坡下鸭川河看。春夏之交，鸭川两岸樱花开得灿烂耀眼，樱花又点缀了郊野里这儿一片、那儿一方水色明净的稻田和一座或两三座簇拼在一起的房舍。昭和二十年奶奶从收容所到二道梁上的村里来后，每当她站在也是坐东向西的房院前，朝坡下看从秦岭山里流淌出的黑河水；看黑河两岸的柳丝在微风中轻轻拂动；看一片片田园，看一行行、一棵棵、一簇簇的桃树、杏树、梨树、樱桃树、柳树在明媚和煦的阳光下鲜花怒放，绿条轻拂，就完全有种宾至如归，有了一种回到鸭川东岸半坡那场院的感受！

10 奶奶小时候

通过一天的默读，我就知道了奶奶为什么那样钟爱那棵樱花树；也明白奶奶到了耄耋之年，为什么在家已从二道梁搬到平地后，差不多每天还要拄着拐棍，艰难地跋涉到半山坡上去，伫立在樱花树下，环视四周的山山水水和花草树木了。

于是我已意识到，随着我的继续默读，一个个更重要的疑团，将会逐渐打开。

果然，在我开读的第二天上午，奶奶便引出了一个从未提及的、更为深层的话题。

奶奶接下来写道：

大正六年（1917 年）我出生在京都郊野。父亲川美一夫在长崎码头是个领工。妈妈原姓田中，嫁给父亲后，随父改姓后名叫川美秀代。母亲川美秀代是名"芸"者，中文叫作"艺伎"。照日本行业规定，艺伎在从业期内不得结婚。所以，妈妈生我时，已经引退在家好几年了。昭和三年（1928 年）有了弟弟。我们一家四口，生活主要靠父亲工资和妈妈做艺伎时的一点积蓄。妈妈因长期的艺伎生活，饮酒过量，身体不佳，引退回家后，也没有再做其他零活，每天在家主要关照我和弟弟的生活。全家经济虽不十分富足，但也不至拮据。而特别是相互情感笃诚，气氛和谐，真是其乐融融的一个家了。

我记不清从什么时候，是两岁还是三岁，经常看妈妈穿起她自己那件虽很破旧，但看上去原来肯定挺富丽华贵的和服，换上高高的木屐，拿上折扇或小花伞，哼着日本歌谣，在屋里轻歌曼舞。那时我还不懂妈妈是不肯舍弃她过去的职业兴趣和爱好，还是做游戏，哄孩子。我只是觉得很好玩，于是就常常照着妈妈的样子或跟在妈妈身后学着扭舞。不久，妈妈就发现我天资聪颖，苗条娇小，柔美可爱，极具天赋，可爱得像个小天仙，想着长大后一定会成为一个美丽妩媚、才艺出众的艺伎。所以，妈妈从心里就开始着意培养。这样又过了两三年，有一天，妈妈饶有兴致地叫我到她跟前去，我连忙走过去，跪在妈妈面前。妈妈就告诉我：小川美，你知道吗？你从小跟妈妈学唱的，学跳的，其实就是妈妈过去的职业。妈妈过去是一名芸者，就是外国人，比如中国人说的"艺伎"。妈妈虽不在全日本出名，但在京都做了很久很久呢。小川美，你觉得跟妈妈跳呀唱呀好玩不？我高兴地点点头。将来你长大，妈妈接着问，想不想跟妈妈一样，当一名艺伎？想，我很快又点点头。如果你将来真当了艺伎，妈妈接着说，一定技艺超群，胜过妈妈，成为日本一个大明星，因为你长得比妈妈小时候美丽，更比妈妈小时候聪明。

这样过了几天，妈妈根据艺伎行业必须女承母业的规定，就要把我送到京都祗园置屋，就是专门居住和训练艺伎的艺馆时，妈妈让我到她屋里说话。我进去跪在妈妈面前的榻榻米上，妈妈就郑重其事地先给我上了一堂艺伎行业的常识课。妈妈说：

"小川美，你愿意去学当艺伎，妈妈很高兴。可是妈妈必须得告诉你，那是个很苦的行当啊。艺伎是咱们京都的象征。进了艺馆，最少得熬五年时光，必须经过漫长又艰苦的训练。具体说，就是要苦学诗书，练习书法；学习鼓乐、笛子和三味线琴艺；学习舞蹈、歌唱；学习化妆、盘做发型和怎么穿和服。虽然后边这两件事在你正式成为艺伎学徒后，会有专人来为你做，可你自己得学会懂规矩。还有茶道，这也是一门艺伎必须精通的技艺。更重要的，必须苦练高超的谈话艺术，关心新闻，无论国际新闻，还是花边消息；无论上台表演，还是台下在茶馆、酒楼、料亭招待陪客，都要熟练精通，了如指掌。这样才能讨得雇主欢心，才能出名，才能有很多钱挣。艺伎这行业，虽然主要是靠取悦有钱男人来挣钱的，但是妈妈必须告诉你，当你将来真正成为一名艺伎，就有许许多多清规戒律必须遵守。比如艺伎在从业期内不许结婚。要结婚，就必须先退出艺伎行业，这是为了保持芸者的纯洁。还有就是真正的艺伎是表演艺术，不是卖弄色情，更不许卖身，必须恪守贞节，若有艺伎和某男人有了私情，犯了戒律，还得受罚。小川美，妈妈说了这么多，你怕了吗？你还愿意去学当一名艺伎吗？

我说："不怕，爸爸妈妈说过，不怕苦的人，才能学到本领。妈妈过去能受得了的苦，小川美也受得了。"

11 艺馆和学校

上午看完奶奶的回忆录，从二道梁往下回家的路上，我心里像装进了一块沉重的石头。我的身体如同从高空的气球上猛然掉落下来，重重地摔在地面，而离体的灵魂却像破碎的气球布片仍然飘忽在高空一样。截至昨晚，我还仅仅吃惊于知道奶奶原是个日本女人，而当上午进一步知道奶奶原来竟还是一个日本艺伎，这一下子又把我心中一个日本女人和中国西部农妇间的距离实然拉得更大更远，中间更多了诸多的扑朔迷离。因为此前，大约2006年，我看过一部由美国拍摄，由中国两名世界级影星章子怡、巩俐主演的名曰《艺伎回忆录》的电影。深知一名日本艺伎入道前后的艰辛和成为艺伎后人生的短暂欢娱与无尽辛酸。但这一切，怎么又能和奶奶牵扯到一起？这种莫名的感觉，紊乱的思绪，以及欲知后事的强烈愿望使我当即止步，要返回墓地续读。我正欲回身，才又突然意识到上午带来的回忆日记已读完。再说，若不回家吃饭，家人找到墓地，就坏事了。于是我匆忙赶回家，胡乱往嘴里扒拉了几口饭，抓起一个馒头，一边往嘴里塞，一边对家人说我心情和身体都很不适，要找僻静处睡觉。说完就去奶奶房间，取一沓奶奶的回忆日记，快步如飞地上了二道梁，下了墓道，开读起来。

奶奶接下来写道：

　　我答应妈妈愿学当艺伎，妈妈当即就给长崎的爸爸写信，但几乎同时，就着手为我准备。首先为我制作了一套蓝白相间的学生袍，说是袍，其实不过就是一件没有衬里的棉布长衫，上面装饰些适合小孩的那种长条花纹罢了。接着由于有妈妈的熟人关照，两天里就办成了三件事。妈妈先把我带到祗园一家名叫福芸的艺伎馆住了下来。艺伎馆在日本京都也叫置屋，是艺伎训练和住宿的地方。妈妈说，艺馆的主人，亦即老板娘，你叫她姆妈。我第一次见这姆妈，她看上去有四十多岁，面白，微胖，端庄，是个面带微笑、很和善的女人。看着她，没有让我产生第一次见陌生人时的畏惧感。妈妈对姆妈说："这是我的女儿，名叫川美秀子，请你多多关照。说着轻轻推我一下。我连忙屈膝跪下来给姆妈鞠了躬。姆妈微笑着看我站了起来，那种微笑里的含义，使我对未来生活在这里的日子，心里踏实了许多。我住下来后，妈妈又带我去祗园登记处登记，还要去学校拜见老师。出了艺馆，妈妈就告诉我，往后我住在艺馆，学习则要到不远处的学校里去，因为我们市郊农村的家离学校很远。住在艺馆，一边在学校上学，一边在艺馆接受训练。妈妈还说，艺馆里有些女孩，往后我要和她们一起相处。她们是被家人卖到艺馆里来的，这是因为她们家里实在养不起她们了。尽管这些女孩是被卖进来的，但姆妈买时，还要看她将来有没有可能培养成艺伎的条件，比如长相和灵气。不过，就是有这种可能，她们进艺馆之后，还不能成为艺伎学徒，而是要做女仆。她们的工作就是做苦力，干杂役，比如洗衣、擦地、打扫卫生，服侍主人和住在艺馆的成名艺伎。在艺馆做饭的事，一般是你该称作阿姨的事。被卖到艺馆的女孩，如果表现好，到了一定时候，姆妈会让她上学，接受训练，然后成为艺伎学徒。再后就看老天爷的造化了，如果有幸成为艺伎，那你必先还清此前一切让你听了惊恐的债务。小川美则和这些女孩不同，因为你不是被卖到艺馆来的。你在艺馆，包括上学的一切费用，都由爸爸、妈妈支付。

这天下午，妈妈带我去祗园登记处登记了，然后就去学校拜见老师。学校在艺馆东北方向，妈妈带我爬上一面长长的缓坡，穿过一道上漆的大木门，大院里就是学校了。我还看见学校后边有座巨大的像体育馆一样的建筑。妈妈说，你看见的，那实际就是"歌舞练场"剧院，祗园的艺伎们，每年春天都会在那里进行"古都之春"的表演。妈妈说着，就带我去了老师的办公房间。老师叫田中慧子，近五十岁，是个又瘦又小，面色清癯，眼神威严又充满聪慧的女人。妈妈又说了我的名字，并让老师多多关照的话。这回妈妈没有推我，而是充满希冀地微笑着看我一眼，我就连忙跪下来两手伸开贴着地面，给老师深深地鞠了一躬，我感觉我的额头和掌心一样都贴住地面了。当我站起来看老师的时候，老师已认定我是个很聪明、很懂事的女孩子，这是我从老师的目光里感觉到的。接下来妈妈和老师又说了会儿话，而我环视了房子一眼。在老师的隔断移门外间，靠墙架子上放着几面大小不同的小鼓、三味线琴和一些长笛。我想，这些，就是老师要教给我的了。最后老师告诉我和妈妈，一会儿到教室去，要为我制作一块小木牌，写上我的名字，放在教室前边的箱子里。每天到校后第一件事就是取出自己的牌子挂在墙上，这就像去机关、公司签到一样。

临别的时候，老师告诉我，明天就可以来上课了。上午学习三味线、舞蹈，下午要学习茶道和一种名曰"长咏调"的歌唱方式……

12 艺伎学徒

　　我在整整一个下午的时间里，几乎一口气读完中午饭后带来的五十多页奶奶的回忆笔记。笔记详尽记述了奶奶进入艺馆和学校后四年多的时间里学习和接受训练的实况。这些笔记让我强烈地感觉到奶奶对艺伎技能精益求精的追求和对艺伎职业的钟情与痴爱，而这种追求与痴爱源于对艺伎职业真正、准确和深刻的理解。奶奶的回忆中多次写到学校老师给她们强调，艺伎是日本独有的，最神秘而又最传统的表演艺术。艺伎本人是艺术家，是最纯正的表演艺术家，所以在艺伎业从艺的女孩大多美艳柔情，知书达理，尤善歌舞琴瑟。主业虽是陪酒作乐，但保持贞洁，绝不卖弄色情，更不卖身。老师很早以前就给奶奶讲过艺伎和妓女的区别：日文中夹杂着不少中国汉字，汉字里的"妓"和"伎"同音，大多数人说话从发音上"妓""伎"不分。所以中国人一提"伎"，就和"妓"扯在一起。这是极错误的。就拿和服来说，就有严格区别：日本妓女宽腰带系在腰前，因为解起来方便，而艺伎必须系在腰后，表示贞洁，以便与妓女区别。所以，因为奶奶对这一职业的钟爱和理解，学习和训练才那样吃苦和认真。比如在学校和艺馆的四年里，每天下午除了茶道和舞蹈这些最主要的课目，还被要求或自己主动练习至少一个多小时的三味线。特别在冬天里，老师和艺馆要求奶奶把手浸在堕指裂肤的冰水里锻炼。奶奶每次都冻得浑身发抖而双臂麻木，疼得欲痛哭尖叫，但都忍声止泪了。这样的锻炼刚一停，紧接着就要在寒风凛冽的院里练琴。训练方式听起来虽是如此的残忍，但奶奶从无怨言，且有时主动为之。因为奶奶知道，严寒的冬日浸水锻炼，事实上让她的指头变得更强韧了，对弹琴很有帮助。因为作为艺伎学徒初次登台表演，会有极大的恐惧，而习惯了麻木与疼痛，表演时的恐惧就自然风吹云散了。再比如训练舞蹈。奶奶来艺馆和学校前妈妈就说过，之后老师和姆妈更告知她，祇园技艺最高、最受欢迎的艺伎个个都是舞艺精湛的高手。舞艺是最受尊崇的一门技艺，在艺馆里，只有最具潜质、外貌最美丽的女孩才会被鼓励去专攻舞蹈，并最终成为真正的舞者，而不是三味线演奏者或歌手、鼓手。所以要说训练弹奏三味线某一过程严酷，那么训练舞蹈的方式堪称残忍就不为过了。因为相比较而言，由于弹奏需要锻炼手指，把手伸进冰水毕竟是短暂的。而练习舞蹈，要比练习三味线花费更多的精力和时间。老师为使艺伎学徒舞蹈时双手手臂柔韧有力，身姿婀娜轻盈，腿脚灵动优美，艺伎学徒每天练舞时得穿上高高的木屐，在老师的指导和要求下，在练场要接连几个小时不间断地快步练走云水碎步。奶奶的老师说，练习这种步履，不仅是舞蹈的需要，而是作为艺伎，这种行走方式是表示尊敬。走路节奏要尽可能地连贯，步幅要小，使和服下摆轻轻飘动，给人一种细浪漫过沙洲的飘逸感。还有就是拿折扇的手臂不停舞动，直到手腕僵硬，双臂难以抬起，腿脚酸软几乎站立不住，甚至晕倒才肯罢休。不过，奶奶连续几年下来，竟有了一种异常奇妙的感觉，就是每当舞动起来，身姿、手臂，直至腿脚都仿佛不再属于自己，不再听从自己大脑驱动，而完全地归顺音乐，听从舞曲，每个动作完全跟着流水样的音乐行走了。你的躯体及其四肢不再是你的躯体、四肢，而是急缓有致的行云流水中的一个漂浮物。奶奶回想到，这大概是因为，每次练习舞蹈，老师都让艺伎学徒们弹奏着不同的舞曲的缘故。

四年之后，奶奶便有了一个结论：所有的辛苦和意愿，都得到了上天的馈赠。

看过奶奶四年多来回忆自己学习训练技艺的记述，我被奶奶为使自己成为一名真正成功的表演艺术家而生的追求，执着、刻苦、坚韧不拔的精神深深地感动了。可是从俗地说句心里话，我心里急不可待的，仍然是一名日本艺伎怎么会变成中国西部乡间的一名农妇？于是，我赶忙回家，胡乱吃口饭，跪在奶奶灵柩前，回想着奶奶学习训练技艺的经历，流一把泪，叩三个头，站起来看一眼为守丧在低桌周围打麻将的乡亲，走进奶奶生前住的房子，再取一沓回忆日记，开读起来。

13 "姐姐"

这天晚上，看到奶奶接下来的回忆录是这样写的：

　　经过五年多时间的学习和训练，到昭和十一年（即1936年）年初，老师和艺馆所有人都承认我已是一名很出色的艺伎学徒了。这几年里，我差不多一个礼拜回一次家，或妈妈来一次艺馆。若是回家，妈妈就让我弹几曲三味线让她听，或跳几支舞给她看，这时候，妈妈就眉开眼笑，比得了什么价值连城的宝贝还高兴。妈妈说，我的技艺比她成为正式艺伎时还要高出许多。若妈妈到艺馆或是学校，老师或姆妈都会夸赞说，这孩子懂事，知道自己下苦功夫，心也灵，比当初刚进艺馆和学校时大家的预估要优秀十倍。特别是这孩子短短五年，容貌身段竟出落得这样俏丽妩媚，神采飘逸，光彩迷人，我听了这些话，就说，这些多蒙老师和姆妈关照指教。

　　就这样又过了几天，姆妈约妈妈到艺馆来商量说，秀代，你做过艺伎的，知道小川美作为艺伎学徒，到了现在这份儿上，该是初登社交舞台了，按行规，需要与一名有经验的资深艺伎建立一种姐妹关系了。这点妈妈自然是知道的。妈妈说，可是我退出艺伎行业已这么多年了，究竟哪个艺伎适合给我们小川美做姐姐，还要拜托姆妈再关照了。

当天晚上在我读了奶奶以一个艺伎学徒的身份初登社交舞台的经历，从而知道一名艺伎当她要走入社交，必须要结拜一名有经验的艺伎作为姐姐。再举行一个类似婚礼的仪式之后，就以"姐姐"和"妹妹"相称，就如同亲生姐妹一样。姐姐的责任是要带着妹妹在祇园各处走动，介绍妹妹认识各个茶馆、酒楼、料亭的主人。还要教会妹妹在一些娱乐场合，当男人讲一些猥亵调情的笑话时，作为艺伎必须表现出既尴尬，又要显示出得体的、落落大方的嬉笑。另外，还要教会妹妹吸引那些她今后需要认识的人的注意。而姐姐教会了妹妹这些诸多本领，帮妹妹走上了社交场合，为妹妹找到了尽可能多的表演机会和场合，使妹妹名声大振，妹妹和姐姐都会有很大受益。奶奶在回忆里接下来写道：

在姆妈对我和妈妈讲了为我介绍姐姐的话后第五天，姆妈让妈妈到艺馆来，让我也回到艺馆，我和妈妈拉开纸移门，就见门里房间跪坐着一个三十多岁的女人。这女人身着一身精致而华贵的和服，系在胸下的、用重磅锦缎制成的墨绿色宽腰带垂在身后地面上，在金丝绒绣花的淡青色和服上是一张白云朵般的面容，而最引我注目的是那一双明亮传情、闪烁有神的眼睛。我刚拉开移门，女人朝我回眸一望，我立即感到一股暖流涌遍全身。我和妈妈欠身打过招呼，然后围着低桌跪坐下来。在这个过程中，我已意识到，眼前这位聪慧和善、艳丽迷人的女人可能就是姆妈要给我介绍做姐姐的女人了。可是姆妈并没有提到这个话题。姆妈只介绍说面前的女人是京都很有名的艺伎，名叫川岛善美。她原来也是从这家福芸艺馆走上社交舞台的，现在住到艺馆外边去了。后来我才知道，姆妈有意请川岛善美来做我的姐姐，但这还要看人家川岛善美见我后是否乐意。于是姆妈让我先以表演茶道的形式敬茶表达我对与川岛善美见面的敬意。接下来又让我打小鼓，演奏三味线，跳一支有简单故事情节的独舞。几种才艺我都表演了，川岛善美表示非常地赞许。这我从川岛善美的眼神中完全看了出来。最后，川岛要和我谈论诗文，以试口才。姆妈和妈妈几乎以像给神灵祷告般的目光暗示我：必须对答如流。结果神灵保佑，川岛善美以微笑点头表示满意。最后，川岛善美示意姆妈到里屋商量事。当姆妈和川岛善美进里屋移门时，我心里几乎已肯定下来，这川岛善美，未来就是我的姐姐了。

果不其然，姆妈和川岛善美出来跪坐下来之后，姆妈就像宣布什么重大决议一样宣布川岛善美愿意做我的艺伎姐姐。姆妈宣布刚完，我便立即给川岛善美深深地鞠了躬。这孩子真懂事。川岛善美最后说。

接下来姆妈、川岛善美、我以及妈妈商量了未来几天要做的事情：一是由这个未来的姐姐带我游走京都祇园一些茶馆、酒楼、料亭（即高级饭店）等场所，结识一下那里的主人；二是到算命先生家里去，为正式亮相选择一个大吉大利的好日子，再下来得去神庙给神灵许愿，筹办结拜姐妹的仪式。

当天商量妥当之后，川岛善美先领我去一些茶馆、料亭。出发前，发型师为我做了发型；化了妆，穿了一件粉底绣了红花的丝缎质地的和服，红玫瑰色的悬垂式宽腰带像凤尾一样垂在身后。在我们去一家茶馆的途中，一连发生了几起使我始料未及的趣事。因为一连三天，京都地面都下了大雪，地上积了厚厚一层。这天虽然雪后初霁，出艺馆时，川岛和我还都各打着粉红色的小伞，我走在街上，整个身姿，就好像一株鲜艳的红枫在雪地里移动。涂了瓷土制成的白色化妆品的鹅蛋形脸蛋和雪一样白，涂了口红的下唇，真的就像一颗成熟的红樱桃。川岛说我光彩照人很招眼，事实上，远远超出预想。因为我已好久没在街上走动了，于是一边走，一边就左顾右盼地往大街两边看。突然，走在我身后的川岛善美大笑起来，我回头看川岛，川岛却侧目向街一边看。我循目看去，就看见不远处有两个骑自行车的人滑倒在地，周围约七八个人，一忽儿看我，一忽儿看滑倒在地上的人。我说，地太滑了，骑车得小心。川岛善美说，真的不怨地滑，怨你太艳丽了。我真有这么美吗？我心里热热地问自己。川岛说走吧，你站在这里，聚集围观者越来越多，影响交通呢。事实上，我们在去一家名曰岛国茶舍的短短半里路的途中接连又发生了几起令我羞红了脸的趣事：有好几辆小车因司机看我停在不该停的半道上；一连几个人因偏头看我，像汽车追尾一样正走着碰在别人的后背上……等到我们走到岛国茶舍门前，川岛就断定说，小川美，我们一路所遇，完全可以让我断定：今天我们所到之处，一定会备受青睐！

当天川岛善美一共带我走了五家酒楼、茶馆和料亭，果如川岛善美所言，我们四处广受欢迎。有人用中国话夸赞我：简直是七仙女下凡。说再有什么重要活动，一定邀我来陪客，表演才艺。甚至有两个料亭的老板娘开玩笑说，善美，你怎么给自己培养了这样一个绝佳的竞争对手啊，你不怕被这美女给取而代之了？川岛就笑着回话了，小川美是天生丽质，我善美纵有天大才能也教化不出川美秀子这样的艺伎学徒，这就像中国人说的，天鹅蛋怎么也孵不出金凤凰一样。再说，也像中国人扶持青年人说的道理一样，长江后浪推前浪，我们这些红花开败的艺伎，本应教出能替代自己的新手，也才显出自己通情达理的气度呢。

第二天，川岛就带我去了算命先生家里，择好结拜姐妹的吉日良辰。

我和川岛善美结拜姐妹的仪式在京都樱花茶馆举办。这是京都一家有名的茶馆。仪式并不隆重。我的老师田中慧子参加了。姐姐川岛善美是肯定的，并请来了她过去的旦那（资助者）。那天上午，姆妈先带我到姐姐川岛善美的寓所，在那里我跪下来含着感恩的泪水，给川岛善美鞠了躬，向她表示永远地尊崇，永远地敬重，永远地感谢她和爱戴她。按行规，像中国一些作家发表文章起笔名一样，要取一个艺名，但是比中国作家的笔名受限制，因为艺伎的艺名里必须有一个字和姐姐名字里的一个字相同，原来的名字就舍弃不用了。可是姆妈因和妈妈过去的交情，求情说，姐姐名字川岛善美中有一个"美"字，我的名字川美秀子中也有一个"美"字，而且姓氏里都有一个"川"字，所以就不用改了，仍用川美秀子好了。定下艺名之后，姆妈就带我、川岛善美、妈妈一起来到樱花茶馆。仪式开始，我和川岛善美一起走到茶馆供奉的神像前，一起合掌宣誓我们结拜为姐妹。这时，一个女仆用托盘端来几杯清酒，我和川岛善美必须共饮一杯。我先拿起酒杯喝三口，再把酒杯递与川岛善美，她也喝三口。喝完酒，仪式就结束了。而我出于激动，又面对神像，闭上眼睛，双手合十，感谢神明对我的赐福，让我成为一名正式的艺伎。

仪式结束之后，姐姐、姆妈、妈妈和我又一起回到福芸艺馆。姐姐和我都很兴奋。姐姐说："秀子，你已成为一名正式的艺伎，凭你的聪灵、才艺和美貌，不久的将来，就可以大展宏图，直至超过姐姐，成为京都，甚至全日本最有名的艺伎了。"我连忙说："不敢，往后更还要姐姐指点关照了。"川岛善美又说："那姐姐肯定会的，因为你现在刚出道，还不能马上就离开姐姐单独出场表演或接待客人。因为这里还有许多社交常识、实践经验。要知道，艺伎行业的竞争、争斗很复杂激烈。不过，如果你是一只小鸟，也不能老在姐姐怀里窝着，而要早日从姐姐的怀里飞出去呀！"

14 在歌舞练场剧院大显才华

奶奶川美秀子结拜了姐姐，已经正式成为一名艺伎。正如她的姐姐所说，就要脱颖而出，大展宏图，像金凤凰一样，飞向社交舞台，蜚声京都艺伎界了。可是这一切，依然没有一丁半点地释疑我心中奶奶为什么、怎么样到中国来，直至成为中国西部一名乡间农妇的困惑。虽然心里愈加迫切地欲知下文，但一连几天通宵达旦地费心阅读，导致头晕眼花，已不能续读，于是倒头便睡，直到午饭时节，被家人叫醒。所有人都知道我心情悲痛，却一丝一毫不知道我的神秘行踪原因所在，因而任我作为。于是我刚一吃过午饭，例行跪在奶奶灵柩前烧一把纸，叩三个头，再进奶奶房间，取一沓回忆记录，奔上二道梁，下了墓道续读。而后才知道，奶奶离开日本到中国前，竟有如此经历：奶奶因守艺伎贞洁，拒绝了别的艺伎欲得不能的众多诱惑。

结拜了姐姐，成了正式艺伎之后的很长一段时间，生活中我还依旧牢记着姐姐的告诫：你现在还不能离开姐姐单独出场表演才艺，接待客人。事实上，姐姐这样说，也就常常带我出入一些在茶社、酒楼个人举办的小型宴会。因为是小型的，所以一般都是我表演茶道招待客人，随后也是由我弹弹三味线，唱唱日本"长咏调"的歌曲罢了。不过尽管如此，走的场合多了，从影响和人家对艺伎的喜欢程度说，对于姐姐而言，我真有点喧宾夺主的势头了。因为每经过一个场合，人家都说，这姑娘真的崭露头角，很快就要声名外扬，成为京都最耀眼的明星了。而这时候，姐姐并没有显出一点被取而代之的嫉妒和落花流水已去的失落。因为姐姐说，我的妹妹有大出息，也是我的成就和荣光。我想，一切善良、大度、长了慧眼的女人才这样想呢。

就这样过了有多半年，到昭和十二年（1937年）5月，我终于迎来一场参加盛大活动的机会。姐姐说，每年四五月间，京都樱花盛开，灿如云锦，前来观赏樱花的游客人山人海。这期间，最忙碌的就数京都祇园的艺伎们了。每当傍晚，几乎所有游客都到各个茶社、酒楼、料亭里去。各个料亭灯光辉煌，各处茶社灯光幽幽，四处顾客盈门，熙熙攘攘。这一处酒楼闹闹嚷嚷，另一处茶社优雅的鼓声、长笛声、三味线的弹奏声、长咏调的歌唱声都不绝于耳。这时候，所有祇园的艺伎都倾城出动，去招待客人。姐姐呢，自然就带我去一些豪华料亭、茶社和酒楼，有意让我一显身手，展露才华。

有天傍晚，姐姐带我去了一家名叫百汇的豪华料亭。到了百汇，姐姐向我介绍了已经坐在那里的一名贵宾。这名贵客名叫田中遇荣，是姐姐川岛善美两年前的旦那。又是一名会长（即企业联合会的主席）。姐姐又向田中遇荣介绍了我是她半年前结拜的姐妹，名叫川美秀子。自姐姐刚一介绍，当我在田中遇荣迎面跪下之后，我敢说，从见面那一刻直到姐姐带我离开，那田中遇荣的目光真的就不曾有一瞬离开过我。过后姐姐说，小川美，田中不是用眼看你，他的整个神魂都被你的容貌和神情特别是你的眼神熔化了，浸润到你的心田里去了，蒸发不出来了。说心里话，在整个两小时的招待里，我的感觉也正如此。无论我在简单地以茶道的形式向他敬茶时，还是在我独自演奏三味线，舞扇跳一支单人舞，他每分每秒的目光并不在我拨动三味线的手指上，不在我蝴蝶一样飞舞的折扇上，更不在我的和服绣了金边的下摆微波涟漪般的波动上，而是在我雪白的脸蛋上，在我涂了口红的下唇上和我会说话的眼神里。直到两小时后我和姐姐要离开时，依然神往留恋，不想离去。

第二天傍晚，我有幸被邀，也是姐姐推荐，参加了在京都有名的歌舞练场举办的大型演出。姐姐没有参加演出，田中遇荣看到海报，硬是拉了姐姐来歌舞练场观赏我的演出。演出前一个多小时，姐姐川岛善美带我到一个临时休息室。姐姐拉开移门，我们进去，看见会长田中遇荣坐在那里，没想到会长旁边还坐着一位军官。会长说，军官是他的好友武田雄二大佐，专门来看我今晚的演出。我听了这话，很谨慎地侧目瞥了这军官一眼，发现这军官有五十七八岁了，右耳只剩下花生米大的一点耳垂，上边的耳轮整个地没有了，而且右太阳穴和右小眼角中间有一块棱起的刀疤。军官这会儿虽然面带微笑，但那微笑背后却隐隐地透射着一种凶残的威武。后来姐姐告诉我那军官名叫武田雄二，很小很小就参军了。中日甲午战争时，在战舰上被弹片击中，削去了右耳。当时我不懂部队军衔，只看见他的肩章上是两杠三星，人家说在全世界都称上校，唯独我们日本称为大佐。姐姐和我上前欠身鞠躬，我就发现会长和大佐两人四只眼睛只盯着我，竟没看姐姐一眼。我心跳着很不舒服，觉得自己夺了姐姐光彩。可是姐姐却一点也没在意，仍然欢快地笑着，和我一起愉悦地在会长和大佐对面跪了下来。姐姐言简意赅地说了些我的情况，会长看着我听，而武田大佐好像根本没听姐姐说话，眼睛一直像锥子一样盯着我看。我简单地为会长和大佐敬了杯茶。姐姐接下来说，今晚我妹妹川美秀子表演舞蹈，是第一次在歌舞练场剧院登大舞台，请会长和大佐多多关照。会长和大佐同时点头，但目光却没离开我。姐姐又说，再一个多小时就要开演了，妹妹要去舞台后边化妆了，艺伎上大舞台化妆平常要两个多小时呢，尽管有化妆师、穿衣师、发型师，但是单穿和服就很麻烦。姐姐说完，就让我离开去后台化妆，由她陪会长和大佐去观看演出。

一个多小时后演出开始了，我参与的集体舞《云雀》排在第四，这为我的化妆、做发型、穿和服增补了一定的时间，从而让我不至于仓皇上场。在我化妆完毕还未上场的空隙，我从幕后帐幕缝隙观看台下，就看见会长、大佐和姐姐坐在台下右侧二排，姐姐坐在会长和大佐中间。我向台下看了约一分钟，发现他们三人不住低头弯腰交头接耳，看演出并不十分专注。会长尽管是姐姐两年前的旦那，也不知大佐和姐姐什么关系，反正两个男人都对着姐姐说话，目光也对着姐姐，而两只嘴唇在姐姐脸蛋两侧形成了夹击之势，几乎都要亲上姐姐的脸颊了。不知为什么，我看到这样的情景，心里便对我一向敬重的姐姐忽而有了点极不舒服的感觉。

我这晚参与要跳的舞蹈《云雀》，是一支由组织者从艺伎界精挑细选出的八名舞者和四名艺伎学徒组合起来的集体舞。我们十二个表演者都穿了彩色丝绸和服。和服上都水印了橘红色和淡天蓝色的花朵，腰间一律都系结了玫瑰色的宽腰带。而乌亮的头发都做了岛田发型，扎成球状发髻，并装饰着琥珀色雕琢的发饰，发髻上都插着一支尾端缀有金丝线的银质发簪。我们每个舞者手里都拿了印着花蝴蝶的大折扇。我们十二个舞者身高一致，真像是一母生养的十二胞胎。音乐响起，我们排成一行，踩着云水碎步，像一串明光闪耀的珍珠般滚动出场。到了舞台中央，我们翻转手臂，打开折扇，舞动的折扇犹如五彩缤纷的蝴蝶在空中翩翩起舞。而我们十二名舞者也都不断变化队形，轻盈活泼地舞动身姿，不时亮出一个不同的造型，时如春燕展翅，时若金蛇狂舞，加以三味线、长笛及鼓乐伴奏，看得全场观众眼花缭乱，如痴如醉，掌声不断。当我舞到离台口稍远的其他舞者身后时，借机向台下一瞥，竟发现姐姐、会长和大佐他们虽也在鼓掌，可是显然只纯粹为我川美秀子一个人鼓掌。因为姐姐，特别是会长和大佐两个人的目光视线就像追寻飞行物的探照灯一样目不转睛，分秒都不曾离开我的身影，好像我在旁若无人地一个人独舞。而这种紧迫不离的目光更比掌声使我舞得越发起劲。

　　一曲跳完，我没卸妆就下了舞台，走到会长和姐姐他们跟前。会长在那里已提前为我留座。我刚走到他们跟前，要不是怕有扰其他观众观看节目，他们激动兴奋得几乎要当场抱住我亲吻。我在他们身边跪下来，面前的窄桌上摆着茶、酒和精致的小食品。我为他们斟酒、敬茶，而他们除了个别时候向舞台上瞟上一眼，大部分时间却都是和我交头接耳，窃窃私语。但奇怪的是，我们周围的观众对我们这种干扰他人观赏节目的讨人厌的不礼貌行为并无反感之意，甚或把目光汇聚到我身上来，似乎我由台上一直舞到台下，他们听我和会长、姐姐以及大佐蜜声细语的交谈比台上的表演更具魅力。就这样，直到歌舞练场的演出结束。

这晚是我首次在大场面演出，大获成功，我激动、兴奋得彻夜难眠。

15 "旦那" 与 "水扬"

　　通过下午阅读奶奶关于参与大型演出并大获成功以及众人，特别是会长和大佐对奶奶的赞誉、倾心、爱意的记述，我强烈地感觉到，真是天时、地利、人和相助奶奶了。奶奶才艺超群，美色倾城，作为京都艺伎，我感觉奶奶似已登峰造极，就要飞黄腾达了。可是，毕竟又因我对日本艺伎的生活、行当以及个人发展规律一无了解，于是，我在奶奶下面的记述里就读到，奶奶为了恪守艺伎贞洁，竟肯回绝巨大诱惑，并因之遇上了一个令人尴尬、难堪、无奈和难为情的局面。

　　奶奶入殓后的第八天上午，我就读到奶奶所记述的那种既在行规的预料之中，并理应有幸接受，却又不得不谢绝的难题。

　　　　记得好像是歌舞练场剧院大型演出之后的第三天下午，姐姐川岛善美到福芸艺馆来找我。自我成为正式艺伎后，姆妈已为我调整了单居的房间。当然，这时我已开始有了逐日渐多的收益，一部分也给了姆妈。姐姐进我门时，我已从姐姐脸上看出今天一定有什么好事相告，因为她脸上是有喜事相告的笑容。我迎姐姐在榻榻米垫上跪下来，我和姐姐都迎面跪着。姐姐笑望着我说：秀子，你知道的，近来樱花盛开，日本有句常说的话：这季节，除了樱花，就没别的什么好说了。所以，游客满街，姐姐忙得不可开交，没有来关照妹妹，你还好吗？我说，还好，因姐姐的推介，这几天也有不少茶社、料亭邀我去招待客人，表演歌舞，因此也收了不少"花代"（顾客给艺伎的演出费用），因姐姐未来，想着姐姐忙，就没顾得谢谢呢。今天姐姐来了正好，我把这些花代都给了姐姐，以谢姐姐关照指教和引我进入社交的恩德。姐姐说，秀子，你有这样大的出息，也是姐姐脸上的荣光。还有就是你出道不久，也挣不了许多的花代，你就留着，因为往后较长一段时间，你的花销是很大的。依你现在已有的名声，相适应地要购置经常换穿的很华贵精美的和服。你拥有多少名贵的和服，是体现你名分高低的因素之一。另外你还得购置漂亮精致的发饰，出入茶社、酒楼、料亭还得乘车，这还不算在艺馆吃饭住宿以及医疗费。成大名之后自己也该在艺馆外购置房屋，不能老蜗居在艺馆那又暗又脏的小房间里。秀子呀，说真的，姐姐今天也正是为此来的，你知道，每个正式艺伎，初入社交，单靠自己的力量没法支撑的。你得和所有初成艺伎的姑娘一样，给自己找一个"旦那"了，自然姐姐也有这个职责。所幸的是，妹妹天资俏丽，舞艺出众，这为解你所急提供了优越的条件。你也知道，自那晚你在歌舞练场演出之后，会长和大佐总是赞不绝口，几乎都迷上你了。雄二大佐你见过两回，而遇荣会长你很熟了。遇荣会长也是姐姐两年前的旦那。不过，你知道的，男人，尤其是像会长这样搞军火的、有权有势的男人，总是会很快厌倦同一件东西，对女人更是如此。而田中遇荣会长还特别喜好尝鲜，所以他只给姐姐当了半年旦那就去了别个艺伎那里了。这也是极正常的事。当然，有些旦那对艺伎的资助时间会更长些，有的还发展成了情侣，这也不太鲜见，这都是缘分做主。不过对妹妹来说，因会长对妹妹过于欢心，缘分更有，旦那也就会做得更为长久。现在会长很乐意做妹妹的旦那，对妹妹来说，这是缘分，更是福分……

　　姐姐一口气说了很长，忽而发现我一直没有应声，脸也平静，就断了话音，用一种似乎很费解的眼神凝视着我，随之又补了一句：秀子，怎么不说话呀？我连忙说：多蒙姐姐关照，费心指教，姐姐一番好意，妹妹领情不尽了。不过，爸爸、妈妈生我，自小养我育我，我的一切花费，都是爸爸、妈妈支付。我来艺馆做艺伎学徒，也是妈妈亲自带来的。姐姐今儿所讲对妹妹来说，是很大的事呢。我须和爸爸、妈妈商量之后再定。这得姐姐体谅，多多关照。姐姐听了这话，虽说仍显大度地微笑着看我，但那笑里却明显地含了不悦之意。姐姐说，妹妹这么说就犯傻了。你问问姆妈，你妈妈也做过艺伎，且为时不短，但只是一只落架的凤凰，终了都没飞得起来。依你妈妈的相貌才艺，本来该飞得很高。可不但未找旦那，且早早结婚，并因艺伎戒规不得不退出艺伎。妹妹你可知道？上次歌舞练场剧院的大型演出活动，遇荣会长既是赞助者，又是你参与演出的推荐者。妹妹以为是姐姐推荐的吗？妹妹真的以为是会长看了海报才来看演出的吗？如今这样天造的机遇之神来叩妹妹的门，妹妹若避而不开，将来会悔恨不及，造成终身遗憾，甚至会走向反面，让幸运之神变脸，伤害一生。好吧，妹妹既要讨爸妈主意，姐姐就让会长再等些时日。

自读了奶奶的回忆记述，知道奶奶是名日本艺伎，心里老是因自己对这一称谓毫无了解而感到莫名的别扭。事实上，"艺伎"中的"艺"指的本来就是"艺术""艺人"，而"伎"一是指技巧或者本领，二就是古代称表演技艺的女子，比如"歌伎""舞伎"。可是一来"伎""妓"同音，二来我看到不少翻译常把"艺伎"译为"艺妓"，所以不只是我，更有许多的人把艺伎理解为歌舞场合的妓女，或唱歌的妓女了。可是上午读了奶奶关于姐姐为她找"旦那"的经过，我对奶奶就更加肃然起敬了。因为奶奶一定知道，世上绝不会有什么无缘无故的资助。资助者若是心存善意，为何不去资助那些生活在水深火热之中的人呢？姐姐说，那就让会长再等些时日吧，事实上，姐姐听了奶奶川美秀子要爸爸、妈妈决定的话，已心知肚明，这是托词，因为姐姐几乎等了一个月都没等到奶奶的回话，而姐姐碍于面子，也再无追问。万幸的是，因为会长过于迷恋奶奶，不想把关系闹僵，想着你川美秀子让我做旦那也好，不让我做旦那也罢，只要我田中遇荣招之即来，如奴般殷勤地招待我，我还少了一笔开销，用中国话讲，何乐而不为呢？就这样，在其后的五六个月时间里，只要会长去什么茶社、酒楼、料亭，除雇其他艺伎外，时不时也邀奶奶前去表演茶艺，演奏三味线或唱"长咏调"。这样一直到了奶奶写的昭和十二年（1937年）11月，会长特别邀请奶奶到他豪华寓所去表演，并务须由姐姐川岛善美带她一同前往。

奶奶做梦也没有想到这是改变她命运的一次赴邀。

傍晚时候，姐姐川岛善美带我到了会长田中遇荣的寓所。我是第一次到会长家来，而姐姐像是这里的常客。姐姐打了招呼，无人应声，自己就拉开移门，带我走进客厅。姐姐先让我跪在客厅，她去告知会长我们已到。姐姐走后，我环视客厅，惊慕地发现，这客厅又大又豪华，单是客厅大得比我家鸭川岸上的整个房子还大。名木制作的榻榻米上排置着精美名贵的茶几，四周墙上挂着单色照片和几幅油画，其中有张非常抢眼。这幅油画画着在一片蔚蓝色大海岸边长着几棵叶红如血的樱花树。树下横放着一颗巨大的弹头指向大海的炮弹。炮弹弹身上正面坐着一个穿华贵和服的美女。我久久地看着、琢磨着这幅奇怪的油画的含义，突然想起姐姐曾提过一句"尤其是像会长这样搞军火的、有权有势的男人"的话，就恍然悟出这幅油画的含义就是会长的最大兴趣是"大炮与美女"。

我的全部思绪还沉浸在油画的意蕴之中，姐姐已和会长从隔段移门里走到客厅。姐姐轻轻地呼唤一声：秀子。我猛地回过神来，看见会长和武田雄二大佐一边微笑地着看我，一边走到木制的沙发上坐下来，而姐姐也在会长、大佐的沙发中间一边跪下来。见到会长和大佐，我连忙两手手指并齐，轻轻地把指尖放在榻榻米垫子边儿，深深地鞠躬问好。然后我就上去分别为会长和大佐敬茶。姐姐就说话了，问道：秀子，知道会长为什么邀我们来吗？我摇头表示不知。姐姐就说，大佐很快就要出国了，要到那个贫穷又落后的中国去为天皇尽忠作战了。今晚会长邀大佐来寓所为好友大佐设宴饯行。大佐说，最好的饯行不是山珍海味美酒蜜饯，而是邀咱们来敬酒聚会，表演舞艺。小川美，你我好大的面子，好大的荣幸噢！我听姐姐说了，连忙放下茶具，跪着鞠躬，连声道谢：谢谢会长！谢谢大佐！谢谢会长、大佐赏脸赐光！

我鞠躬感恩以后，会长说，川美，今天邀你和你姐姐川岛善美来，这是武田大佐特意点了名的，由此可见，你在大佐心目中已是京都最耀眼最美貌的艺伎明星了。好了，开始表演吧。因为今天是为武田大佐饯行，大佐要去中国，你就跳一支有关中国的什么故事的舞吧。听川岛说，你会跳几支这种内容的舞。怎么样？会长问，又觉得他的话使我感到突然，于是接着又说，这事上午已对善美说好了，并作了准备，你先由善美带到里屋化妆准备，我和武田大佐在此饮茶，准备好了就开始表演，怎么样？

我就地又鞠了躬说：多谢会长。川美在学校和艺馆是学过几支这样内容的舞蹈，只是日久不练，恐生疏了。不过今天多蒙会长、大佐赏脸，川美一定尽心演好就是。

我说了就站起来和姐姐一同走到里屋，在那里姐姐为我化了妆，为我穿上一件红色绣了金丝菊花图案的和服。我们出里屋来到客厅，姐姐又跪下来，怀抱三味线开始弹奏，我开始舞动。我跳的舞是在学校和艺馆时老师教的，舞名叫《白绫诀别》，是由中国古代的一首很有名的长诗《长恨歌》改编而成。诗中讲唐朝杨贵妃因马嵬坡兵变，皇帝唐玄宗被迫赐白绫让杨贵妃上吊死了。这个故事中国和日本几乎家喻户晓。中国戏曲演杨贵妃真的死了。而中国少数人和日本所有人却说是一个日本女留学生替杨贵妃上吊死了，而杨贵妃本人在日本遣唐使的帮助下，由山东逃到日本沿海的山口县一个叫久津的村子。此地现有杨贵妃坟墓、塑像、纪念亭和纪念馆为证。我跳的这支《白绫诀别》是根据后者故事改编的。日本遣唐使和皇上密谋救杨贵妃，让日本女留学生替杨贵妃上吊，怕被发现，女留学生必须假戏真做，绝不能让兵变者和随行大臣看出破绽。至于当时是否称这个日本女子叫留学生，我也说不清。反正在唐朝的宫廷里学习，皇帝逃亡时，也跟着。舞蹈的虚拟背景在皇上的临时行宫。时间是傍晚，我穿着单薄的红色长袍，几支蜡烛的光焰在摆动，整个房间一片昏暗。我手持长长的一段白绫，时而抛向空中，表示呼天不应；时而绕身飞旋，表示身陷绝境。姐姐川岛善美弹奏着三味线，仿佛事先知道我要跳什么舞，所以选弹奏的曲调和《白绫诀别》的舞蹈动作水乳交融。那三味线的旋律紧时如疾风暴雨，江河悲涛；慢时幽幽咽咽，如泣如诉。而我和着三味线的旋律，时而甩袖扭身，时而如旋风般翻转身体，神情哀婉悱恻，悲苦凄切，令人心碎。最后悲凄绝望，痛不欲生，将长长的白绫端直抛向头顶空中，全身向上一跃，随之又垂直落下，瘫尸于地，表示已悬梁而亡。

我舞蹈刚一结束，当即听见会长和大佐口里"啧啧"称赞叫绝，双手使劲鼓掌。之后姐姐悄悄对我说：川美，你刚才只管一心跳舞，没法留意观察会长，特别是武田大佐，简直看得神魂颠倒，全然让你给迷住了。他两个时而上身摇晃，时而胸首前倾，那目光就跟锥子一样紧盯着你，恨不得将你吸进他们心里。我连忙说：只要会长、大佐满意就好，这也多亏了姐姐关照、指教，带我进入社交，结识了会长和大佐。

读奶奶的回忆记述读到这里，我已完全无法按捺住震惊、兴奋而又迷惘的情绪。我手捧奶奶的回忆笔记站起来，在约两米长的墓道里来回地走动。一个中国西部农村老妇和一个日本年轻美貌才艺绝伦的艺伎，这两种截然不同的形象轮番在我的脑际屏幕上闪现。我急切地苦思冥想：眼前家里躺在灵柩里的奶奶和七十年前在异国他乡日本的一个才艺双全、美貌贞洁的年轻艺伎你敢相信竟是同一个人？一个学艺期间苦读诗书、温情高雅、善于言谈的青年艺人和一个在中国西部农村度过三分之二人生、除了对她孙子之外到死都沉默寡言、且数十年从未离开村子一步的老妇人之间，到底因了何种致命挫折、打击，导致天性转变？奶奶对艺术的造诣，对艺术的矢志追求精神到哪儿去了？这一切随着我的阅读，愈来愈让我匪夷所思。这中间的突然过渡和让人无法猜测的疑团，像迷雾茫茫的大海一样横亘在两种天性和形象之间。我恨不得一秒钟飞过这充满悬疑的"迷茫大海"，解开谜团，把两种迥然相异的天性和形象融为一体，使其成为我的一个具有完整个性和形象的奶奶！

于是，我又迅速在三四块青砖堆垒起来的"小凳"上坐下来接着阅读。可是我刚一开读，除了武田大佐要去中国为奶奶后来成为中国人提供了一点渺茫的、微不足道的信息之外，反倒给奶奶增加了一道无法应对的难题，而且这一难题提出之前，又加上一道逼迫性的诱惑。

　　奶奶在会长偌大且十分豪华的客厅受到田中遇荣会长和武田雄二大佐的交口夸赞后，去移门内的里屋卸妆，而姐姐、会长和大佐三人留在客厅续谈。十分钟后奶奶回到客厅，重新在表演之前初到客厅时跪的位置跪了下来。可是刚跪下来，却发现面前放了一个很大的锦盒。奶奶不解地看看姐姐，又看看会长和大佐。姐姐就面带喜庆地对奶奶说：川美，自己打开看看。奶奶小心翼翼地打开锦盒，突然仿佛一道五彩闪光照花了双眼。奶奶吃惊地发现锦盒内有一件叠好的、用金丝线绣着一条巨龙的金红色华贵和服。奶奶听老师说过，龙是中国的图腾。可这是什么意思呢？姐姐见奶奶惊讶得都发呆了，说：川美，看你多荣幸，多有面子！知道不？这是会长为了奖赏你的舞艺给他俩带来的欢愉，以武田大佐的名义赠给你的一套名贵和服。姐姐过去还没有得到过这样大的奖赏呢。在你还是艺伎学徒时，姐姐对你不是说过么，代表一名艺伎的身份高低、财富多少的重要标志之一，就是看你收藏了多少和服。这不仅要看收藏的多少，还要看收藏的和服是否名贵。姐姐记得，会长、大佐赠给你的这套和服，可是你成为正式艺伎以来收到贵人赠送的第一件和服啊，而且是这样的贵重，还不快谢谢会长和大佐。奶奶听姐姐这样说，又看看眼前华贵的和服，受宠若惊，像一股剧烈的旋风把自己卷到了半空，几乎都要眩晕了。奶奶连忙又双手并齐轻轻贴在面前榻榻米的垫边儿上，一面深深鞠躬，一面心里惶惶地感谢道：

　　"谢谢会长！谢谢大佐！谢谢姐姐关照！谢谢会长和大

佐恩惠！不过，不过……"奶奶因心情紧张头不敢抬地顿了顿，然后接着说："小川美刚出道，初入社交，对会长、大佐并没多少称心的表现，也无什么报答，不敢收此重礼。还请会长、大佐多多宽谅，多多包涵……"奶奶说到这里，未闻会长、大佐回音，却听姐姐大声嬉笑，并说："川美，你知恩图报，让会长、大佐和姐姐十分欣慰。不过妹妹不要忧愁犯急。听姐姐说，你想报恩会长、大佐，机会多着呢！快抬起头来。"奶奶听到这里，诚惶诚恐地微微抬头，用眼余光偷窥，就见姐姐示意会长和大佐离开。等奶奶完全抬起头来，会长和大佐已拉开移门走进内屋。这时姐姐就站起来走到奶奶跟前，跪在奶奶对面，温和亲切地用手托起奶奶的下巴，像欣赏一件宝贝似的看着奶奶，说：

"秀子，你聪明极了，也可爱极了。刚才的表现也太好了。看来姐姐真是没白做一回你的姐姐呀。刚才姐姐说了，你知恩图报，机会就在眼前。半年前，会长欲做你的旦那，你说要和爸爸、妈妈商量。姐姐和会长知你其实是畏难未应。但是会长大度，依旧对你关怀喜爱。如今，又结识了大佐，更是为你倾倒。今天，瓜熟蒂落，姐姐要和你商量一件关于你的大事，也是艺伎行规内的正事。姆妈和姐姐过去也曾和你讲过，就是作为艺伎，全部生涯中的最高潮时刻，就只能是水扬了。你也知道咱日本京都祇园'水扬'指的就是艺伎的初夜。姐姐的水扬在姐姐十六岁时就举行了。妹妹你今年都快要二十岁了。你知道，艺伎的水扬，年龄越小，价值越大呀！会长在姐姐十四岁时就是姐姐的旦那，中间只隔了一年，姐姐十六岁时，水扬又是由出价最高的会长获得了。姆妈说过，差不多每个年轻艺伎在年龄很小时就举办了水扬。这也是艺伎业的常规内的事，是很好的事呢。每个年轻的艺伎之所以乐意早早水扬，就是因为水扬的过程很简单。开始在庆祝仪式上与购获水扬权的男子，当然一般都是极富有的男子对喝清酒，心里默念了协议上的许诺，然后你去里屋的榻榻米上平躺了，用枕头高高地撑起脖子，买得你水扬的男子替你脱去你全身的衣服。为了让你放松，会用手轻轻地抚摩你。待你放松之后，男子会在你的身底放上一条洁净的白毛巾。然后……然后姆妈告诉过你，一般有几分钟，完事了你就起来，毛巾上有血，水扬就结束了。这和姑娘的新婚之夜完全是两回事。秀子，你知道，就这几分钟，你就像喝醉了酒一样的几分钟。可是，可是获得你水扬的男子由此到死都将是你的资助人。几分钟却换来终生受益。秀子，你听明白了没有？"

奶奶稍沉吟了一下，然后恍惚地低声说：我听明白了。可是，当奶奶两秒钟前猛一听这话，真的感到蒙头转向，甚至心惊肉跳。但尽管如此，奶奶还未意识到后边具体的话题。接下来姐姐就说：秀子，听明白了就好。姐姐现在就告诉你，你的才貌感动了神灵，神灵为你赐了天大的福祉。武田大佐给会长和姐姐说，愿出全京都最高的价获购你的水扬。你应该立即鞠躬叩谢神灵了。姐姐说完，就以极大的希冀和等待的目光看着奶奶，要从奶奶的脸上读出福至心灵的神情，从奶奶嘴里听见感恩戴德感激涕零的回答。可是，姐姐万没想到，奶奶听了她的话，简直就如五雷轰顶，又感到仿佛有一根巨大的圆木猛地撞击她的心胸。老半天过去，奶奶目瞪口呆，不知如何回答。

　　姐姐看奶奶如此情景，不解地问："秀子，你怎么了？还是……"奶奶连忙五指并齐，伸直手臂，但沉重的心情无法使她按照规矩把手指指尖（而不是整只手）轻轻地放在她面前的垫子上，而几乎是把整个手掌重重地贴向垫子，把额头垂得几乎挨住榻榻米面儿地鞠躬，用不是故意而是无法掌控的、像面临枪刺刀砍时的嗓音说："姐姐，我真的感恩武田大佐对我的赏识、赏脸。真的，真的，可是……姐姐，如此这样的大事，我、我得和……"

　　奶奶紧张得语无伦次、结结巴巴地说着自己矛盾和为难的心情。姐姐听了却半会儿不肯吭声。奶奶也不敢抬头看姐姐这会儿是什么脸色。老半天过去，奶奶才听出姐姐是以极大的遗憾和责怨的音调说："秀子，妹妹呀！你又要说，这得和爸爸、妈妈商量，求得他们的同意，是不？秀子啊，小川美，上次你婉拒会长做你旦那，会长多大度！因为今岁你未明彻，明年或许就会醒悟；今岁失去，明年或可再次遇到。可这次，你知道武田大佐就要到中国去了，可是难道你不知道现在是战争年月吗？你不知道一个人到了战场，可能会怎么样吗？你真的不明白这是千载难逢的机遇吗？况且，这是多大的面子！多荣耀的赏光！别的艺伎做梦想找都找不到的。你该明白，女人一世，最大最好最重要的机遇可没那么多！常常擦肩而过！现在你还不明白吗？"

　　奶奶紧张，恐惧，心乱如麻，半天仍是不能应答，结果就听姐姐一改平日温和的语调说："好吧，川美，既然如此，你就回家和爸爸妈妈商量去吧。不过，你要时刻记着你已二十岁了，像这样的事，该是自己做主的时候了。而且呢，这也是艺伎业行规之内、戒律之外，十有九成年轻艺伎已做过的事。去吧，冷静下来，好好想想，不要再走你妈妈的路。你妈妈当时没有你现在这样的魅力，自然没有你现在这样的条件。好了，拿着会长以大佐的名义赠给你的和服，如此贵重的礼物回吧。"

奶奶连忙头不抬地鞠躬说："不敢，妹妹不敢，也无资格拿走会长和大佐这么贵重的礼物啊。"

听声音姐姐是生气了："秀子，姐姐没想到你今天会这样糊涂！这样不明白事理！你想想，话可以等几天再回，这礼物要再退还会长和大佐，不是在他们两个贵人脸上掴耳光吗？"

会长和大佐再没有出客厅里来。奶奶也再没有勇气敢抬起头来，浑身微微地颤抖着，一边跪着给姐姐鞠躬，一边心惊肉跳地给姐姐说："姐姐，秀子知错了，对不起，对不起……"说着用力而沉沉地站立起来，像抱起如重石般的锦盒，流着冰冷的泪水，踩着木屐如铅一样沉重的脚步，直到出了客厅，都没敢再抬头看川岛善美姐姐一眼。

奶奶走出会长家的院子，心跳着向院内回望一眼，才发现姐姐第一次没有送她，而是站在房檐下的走廊上，手扶着栏杆，既显失望，又不死心地眺望着她。

16 飞向未来的锦绣前程

由于完全沉浸在奶奶关于她人生遭遇记述的思绪中，我已经记不得这是奶奶遗体成殓后的第几天了。能记起的，只是先天下午或先天晚上奶奶在她的回忆记述中都讲了些什么。比如今天就只记得昨晚看的是奶奶如何婉拒田中遇荣会长的"旦那"意愿和武田雄二大佐要买"水扬"权的要求。按我简单的、符合推理逻辑的判断，作为一个刚出道不久的艺伎，奶奶肯定要遭受致命的打击报复了。我在想，像田中遇荣和武田雄二这样的人物，一个一心学艺，成才后要从事讨有权有金钱男人欢心的职业的弱女子，能惹得起、得罪得起吗？果不其然，奶奶在下边的记述里，开始恰如我的预料如出一辙。

我捧着会长和大佐赠予的、装了名贵和服的锦盒，心魂不安地回到艺馆。第二天，我又专意回到京都郊外鸭川河岸上的家里。我给妈妈讲了婉拒会长做我旦那和大佐买我水扬的过程。妈妈听后只言不发。我问妈妈怎么办？妈妈就流出惊惧的泪水。说：秀子，我们要遭大祸殃了，快跟妈妈到神庙和算命先生家里去，请神灵保佑，请算命先生占一卦吧。说完，妈妈没停就带我先去了神庙。我和妈妈都跪地向神灵鞠躬，虔诚地向神灵求愿，望神灵向会长和大佐发话，宽容我们，多多包涵，放过我们。出了神庙又去算命先生家里，我和妈妈讲述了事情经过，要先生算算如何躲过此劫。算命先生先问了我的生辰年月日时，又合掌闭目，思忖半会儿，接下来在纸上画了一些我和妈妈都看不懂的符号。又过了不大一会儿，算命先生忧愁了脸，我和妈妈都惊恐地看着先生等结果。末了先生就沉重地说了几个字：大难无躲，听天由命吧。我和妈妈都哭着告诉先生，我们已去过神庙，求神灵保佑。先生摇头叹息道：天时不佳、地运逆转、大势所趋，即使神灵，也无之奈何啊！我和妈妈听了都大哭不止。这时，算命先生又在纸上画了一下，最后说：秀代母女，听我说，悲伤无用，你们全家，此劫难逃。不过，川美秀子此劫过后，大运或有好转。此正如人所常言：大难不死，必有后福。再去神庙，向神灵许个愿吧。

我和妈妈付了算命钱，依先生所说，又去神庙向神灵许愿，祈求神灵保佑我们全家遇劫无恙。之后妈妈回家，我则回了艺馆。我和妈妈分别在不同地点祈盼同一个结果，可是，不知是先生算卦失灵，还是许愿成功，我和妈妈忧恐不安地等了五天，第六天我们就等来了一个令我喜出望外，与算命先生所算截然相反的结果。

　　那天，姐姐捎话要我去会长寓所，我提心吊胆地往会长豪寓走着，估摸此去凶多吉少。因为听姐姐捎话的口吻虽然和声喜气，可毕竟两次婉拒会长、大佐，伤了他们情面，岂能轻易饶恕。待我惴惴不安地走进会长家的院子，竟然看见姐姐眉开眼笑地出门迎了过来。我和姐姐相迎走近，姐姐不停笑着看我，这时我已神慌意乱，判断不出姐姐笑意中包含的是祸是福。结果姐姐问了一句，虽然是开玩笑的语气，但问到我最担心的话题上，于是我吓得毛骨悚然。姐姐见我这样，就亲切地笑着说：怕了吧？怕会长、大佐记恨你了吧？秀子，你低看了他们了。走吧，会长在客厅等着你呢！于是我和姐姐就并排一边走一边说。姐姐说：秀子妹妹，你一点都不用怕。会长两年前做过我的旦那，一年后又购得了我的水扬。我对会长很是了解。他本来就是一个宽怀大度的人，加上他和大佐已被你迷住，他们只要看你笑笑就心满意足舒坦了。不过话说回来，你虽长得美丽，舞艺超群，但仔细想想，难道全京都就你独一无二了吗？像京都如此大个城市，说美女如云不为过吧？像会长、大佐那样有权势的人，难道做不了你的旦那，买不到你的水扬，就做不了别个艺伎的旦那，买不了别个艺伎的初夜了吗？你担心会长和大佐送了你和服，就非买了你的水扬吗？姐姐告诉你，一会儿见了会长，你会发现，会长非但不计较你，还会告诉你一个很大的好消息呢。另外，姐姐告诉你一个判断大佐是否生气的秘密吧。大佐那只右耳耳轮不是被弹片削去，只剩下一点蚕豆大的耳垂了吗？往后你留心，只要大佐生气，那蚕豆大的耳垂就像交尾时的蚕蛾浑身抖动一样上下抽搐战栗着。还有会长，在他白净微胖的脸上，就是鼻子底下那一小撮像箭头一样窄细的小胡子，特别那张薄薄的长嘴唇，你注意着，他一旦生气，那嘴唇和胡子就像一张正射箭的弯弓；而当他心里高兴时，那嘴唇和胡子就像浅碗儿中间卧了一只黑色的甲壳虫。当然不少人喜怒时都会是这样，会长就是表现得很厉害罢了。大佐已去了中国，今天只有会长，你看他是不是真的生气了。

姐姐带我走到会长客厅花格子移门外面，姐姐站着，我跪下来拉开移门，小心翼翼地抬头朝客厅看了一眼，见会长正面坐在茶几后面像是正在看什么报。我鞠躬后站起来和姐姐一同进了客厅，又低头走到长条形茶几两头和姐姐迎面跪了下来。在我思考开口说什么之前，先偷偷瞄了会长一眼。因为是侧视，没有看出姐姐说的嘴角和上唇上的胡子像菜碟儿中间卧着甲壳虫，但是朝我这边的嘴角是上翘的，这显然说明会长并不在生气。我心里的一块石头落了地，低头问候一声：会长下午好！会长放下报纸，回眸一笑看着我，再从头到下打量我一番，没有问我最担心的那句话：关于大佐要买我水扬权的事和妈妈商量的结果，反而问我怎么没穿大佐赠的和服来？没等我回答，接着又说：

"秀子啊，上次我和大佐离开后，你姐姐川岛善美问你的话和你的态度，当天善美就告诉了我和大佐，你以为我们要生气，要对你不客气，甚至要伤害你是吗？你的这种忧心，从你今天进院到进入客厅，我从报纸顶上都看清了。我们对你的心情和态度，你姐姐也可能都告诉了你。今天你看上去还是忧心忡忡，这不怪你，因为你初入社交，同时和我以及大佐交往不深，缺乏了解，所以有许多不解和担心，在我们看来，这极为正常。但是，我和大佐为什么这样，你理解吗？"

我一边鞠躬一边说："会长说得是。秀子初入社交，知少见微，才生担心。今天听姐姐和会长说了，深感会长和大佐胸怀宽大，情真意善。"

"知道为什么对你会胸怀宽大，情真意诚吗？"会长又问。

我说："川美年轻，幼稚无知。"

姐姐说："我来替会长回答你。生活常识告诉我们，如果一个人特别喜欢一个人，又特别赏识那个人，那个被喜爱、被赏识的人的一切缺点和不足，都会在喜欢她、赏识她的人心中烟消云散了。甚至在赏识者眼里变成了可爱的优点，既是这样，对被赏识的人而言，赏识者怎么会不变得宽容大度呢？小川美你认真回顾一下，自你结识会长及其大佐以来，难道姐姐说得不对吗？"

我迎面向跪在茶几那边的姐姐鞠了躬说："姐姐说的妹妹知道了。多谢姐姐指教。"

姐姐又扭头问着会长："会长，我说得对吗？"

会长又看着我："川美你说呢？"

我说："姐姐说得对，川美明白了。"

"如果不是姐姐说的那样，"会长神秘地笑问，"我们有了好事，还能叫你来吗？"

我说："会长、姐姐不会说了假话的。"

会长又问："如果再有只与你有关，而与我和大佐无关的好事，告诉你，你还要和爸爸、妈妈商量，征得他们的同意吗？"

"不！"我说，"我知道了，姐姐就是亲姐姐，会长就是再生父母，往后会长说的，就是爸爸妈妈说的。"

会长回头满意地看了姐姐一眼，说："善美，告诉你妹妹我们要说的好事吧。"

姐姐看着我，郑重其事地告诉我："小川美，你能遇上会长和大佐这样的恩人，是天大的幸运呢！这是我们向神灵祈愿的结果。老实说，连姐姐我都忌妒了。事情是这样的。武田大佐从中国来信和会长商量说，自武田大佐到了中国，发现对妹妹来说，那里可真是偌大的英雄用武之地啊。中国东北三省已是咱们大日本帝国的领地了。中国的土地上现有大日本帝国几百万士兵和服务人员，咱们的太阳旗像潮水一样向中国大陆所有的地方漫延。可是呢，到现在，在这所有的地方，还没有一个艺伎，甚至没有一个艺伎在那里为我们的将士服务，为他们歌唱，为他们表演，为他们带来欢乐。要知道，最能代表我们日本古老神秘的娱乐文化就是我们艺伎的舞蹈、长咏调、三味线和小鼓、长笛了。我们的献艺就是将士们的精神力量和冲锋号。小川美，去中国广大疆域，施展才艺，像天鹅一样展开翅膀在广阔的天际飞翔吧，飞向一个未来的锦绣前程！在那里不仅为天皇尽忠，用不了三五年，你挣的花代会用轮船往回运呢！"

姐姐说得天花乱坠，我听得也心动了，就问："姐姐，你也去吗?"

姐姐说："很想去呢。可是姐姐徐娘半老，已不再年轻，才华已尽，歌也好，舞也好，索然无味，已不够成为将士的精神燃料。再说，会长还在日本，你也知道他在从事军火事业，姐姐也该为他尽心尽力，川美你说对吧?"

我来不及思索，会长又说："小川美，你姐姐刚才所说，完全是我和武田大佐之意，对你也是天赐良机。不过这良机并非我和大佐所赐，而是天皇和东条大臣所赐。回去做准备吧，当然你离开之后，你母亲和小弟弟需要生活照顾，我们会在你走之前，付你一笔可以令你满意的款子。怎么样啊?"

姐姐连忙说："秀子妹妹，还不赶紧谢过会长！"

"谢谢会长大恩大德！"我感谢同时，接连向会长鞠躬。

"好了。"姐姐接着说，快回去准备吧。

姐姐说完，和我一同站起来。姐姐走过来和我手挽手走出会长客厅。

我和姐姐走到院子，扭回头看。会长站在门口的走廊上，望着我们，脸上浮现着得意的微笑。

17 樱花树下的最后留念

　　奶奶回忆记述的纸页日渐减少，差不多只剩下一百多页了。而且，奶奶因何到中国来，以什么身份到中国来，也已明晰。尽管从一名艺伎到中国大西北乡村农妇的时间空洞中，仍然悬置着一个巨大的疑团，但是，我内心这时滋生出的一种说不清、道不明的沉重、压抑、郁闷，甚至潜在的莫名愤怒压倒了一切，使我突然失去了续读奶奶回忆记述的急切心情。我虽然肯定这种突生的、无心续读的心况是短暂的，但这种突生的情绪和感觉，却和奶奶在田中遇荣会长豪宅最后的感觉以及被告知的、即将飞往锦绣前程的欢愉想象截然相反。听家里人说，距奶奶下葬只剩下五六天时间了，但是，沉重、压抑、郁闷的心绪使我不能像前几天一样急着去奶奶房间取回忆日记，而是在吃过晚饭之后，默然无语地走到灵帐后边，像逢人便跪的日本艺伎——奶奶那样跪在奶奶灵柩一边，把额头久久地抵着灵柩，直到膝盖酸痛，额头麻木，才又转过身，头背靠着灵柩，坐着沉思、回想，直到第二早，天色微明，家人给奶奶燃烛上香时才发现并把我叫醒。整整一夜，我头昏脑涨，心中除了奶奶平日在我眼里的亲切和善神情带来的思念，以及持续的沉重和压抑，我想象不出有关奶奶前程的任何憧憬。

吃过早饭，家里又陆续零散地来了一些亲朋好友，焚香吊唁的，守丧玩牌的。我心境烦乱，懒得招呼。于是又去奶奶房间，拿一沓回忆日记，穿上棉衣棉裤，上二道梁，不再下墓道，干脆坐在墓坑旁边的那棵落了叶，于寒风中瑟瑟战栗的樱花树下冰冷的青石磴上，取出奶奶的回忆记述开读起来。

那天我从会长家豪宅出来，兴奋不已又惴惴不安地径直回到鸭川河岸的家里。前两次，会长要给我做旦那，大佐要买我的水扬，我说是要回家和爸爸、妈妈商量。会长却认为那是婉拒的托词，实际上是我和爸爸、妈妈都不同意。我不想让爸爸、妈妈得罪他们。我的作为不幸被会长识破，所幸会长、大佐都没计较。由此会长和大佐在我心中取得了信任，树起了威望，而我自己反而感到有点以小人之腹度君子之量的羞愧。所以，当会长把让我去中国给军人展示才艺（我真笨！我刚进艺馆和学校时，姆妈、老师、妈妈都告诉我，作为艺伎，必须关注新闻，广知天下大事。而我，只用心舞蹈琴瑟，忽略新闻，以至马上就要去中国，却还不知我们驻中国那么多军队干什么）的喜讯告诉我，我便欣喜若狂，迫不及待地要告知爸爸、妈妈。

我下了黄包车，爬上鸭川东岸上的小坡，刚走到门前，看见妈妈像是拿着一本什么书，指指点点给小弟川美小豆教着认字。这年我已二十岁，弟弟才刚刚七岁。是礼拜天，妈妈在家给弟弟辅导功课。妈妈看见我，迎到门口。妈妈看见我喜形于色，问我有什么好事，这么高兴？我说，别急呀。我进了门，和妈妈对面跪在铺了垫的榻榻米上，说了在会长家得到要去中国的消息。还说这都是会长和大佐的多方关照。我原以为妈妈听了这话会喜出望外，可是我看见妈妈脸上立即罩起了一片阴云。我问妈妈：你怎么了？我去中国不好吗？或是你怕我去了中国，再见不上我了吗？不会的，会长说了，我是以艺伎的身份去中国为军人表演歌舞的。战争一结束，我会带着一辈子花不完的花代回家里来。会长说，再慢，也不会超过半年。东京军方总部命令说，必须三个月拿下中国，结束战争。妈妈听了这话，更是愁眉双锁。妈妈说：秀子，这事得给长崎你爸爸写信商量。他在那里博闻广见知道得多，是不？我们在京都郊野，知道些什么呀。虽说我们艺伎广知天下新鲜大事，可是他们说出来的那些事情，是真是假，谁保证呢？穿军衣、挎马刀的头头说三个月占领中国，说没说为什么要占中国？就说咱一个女孩子去中国，咱们京都、大阪、九州，还有长崎，许许多多的地方，女孩子听说去南洋做工，实际去后都做了南洋姐，谁不知南洋姐就是卖身，最后都把尸骨背着脸埋在了异国他乡。还有中国满洲，都说那里已成了咱日本的领地。成千上万的女孩子也说去那里做工，可是做什么工？还不都是去做了卖身子的事么？你听说到死有几个回来的？就是回来，有哪个说她去是做了卖身子的事呢？说了人能瞧得起吗？对吗？我说：妈妈，会长和大佐他们说，我们日本军队到中国去是帮助他们建立皇道乐土，实现共荣。还说我和其他女孩不同，我是艺伎，是以艺伎身份去的，更何况有会长和大佐关照。妈妈你想，会长要做我旦那，大佐要买我的水扬，我都婉拒了。他们不是照样喜欢我么？他们还会让我做别的什么吗？我一会儿就给长崎的爸爸写信。不过会长说了，因有顺路的船去中国，去一趟可不容易。所以等爸爸回话怕是来不及呢。这几天，我想应该一边等爸爸来信，一边做些该准备的。这样就不至于两头耽误。妈妈你说对不？另外，会长说了，我走时，为妈妈和弟弟生活，会长先要补偿给我老大一笔款子。

我和妈妈说了很久，可到最后，我还是没有看到妈妈脸上出现一丝笑容。

就在我和妈妈说完这话之后的第四天，姐姐将一名男子带到福芸艺馆来找我。姐姐说，这男子是田中会长那个公司的，名叫岸信，是会长派来专门为我办事的。这人看上去有五十多岁，白胖，中等个，前额脑门上满是像横爬着数条蚯蚓似的线条很粗的皱褶。头顶中央有一撮短发，如果上半个脑壳是一张脸，那撮头发看上去就相当于脸庞鼻子下边留了一撮小胡子，显得特别的怪异。这个男人最让人心里不踏实的是有一对贼一样骨碌转的圆眼睛。我想，如果妈妈见这人是专门为我办事，我要去中国的事，可就砸锅了。这个男人说，会长让他带三千日元来交给我安排，并说再过五天，由他带我到长崎与其他人会合，现在要抓紧准备。

我用这些钱清理了在艺馆的剩余费用。然后，将其余的钱全交给妈妈。妈妈自从听了我要出国的消息，没有一次让我在她脸上看到欣慰的神情。我想，女孩子要出远门，做妈妈的这种难割难舍是人之常情。中国诗人的话：相见时难别亦难，何况是生我养我寸步不离的妈妈呢！我想待我到了中国，写信给妈妈，让妈妈放心，这就好了。

可是眼前该做什么呢？看到妈妈脸上的神情我就想，尽管会长说战争会很快结束，战争一结束我就可以回家。可是我又突然想到一句俗话：前路是黑的，出门由事不由人。到底何时战争结束，何时我能回来，很难说呢。那么我离开后，妈妈要想起我来怎么办呢？所以，最应该做的，就是留两张影给妈妈。第一张应在自己门前，就在那棵樱花树旁，是我和妈妈、弟弟的合影。妈妈想我了看我，我想妈妈了看妈妈，一举两得。另一张应在家以南五公里处的多角寺。过去在艺馆时姆妈说过，她在一张艺伎海报上看过，说是在京都东南，有座多角寺，寺里有座宝塔，塔脚下有一棵樱花树。那名在全日本都有名的艺伎名叫豆叶，就在那座宝塔下樱花树旁边照的相。这名艺伎可是了不得，因为她接待过德国大作家托马斯·曼，她还接待过卓别林、海明威和孙中山。呀，多巧啊，尽管那个家喻户晓的孙中山十多年前已过世，可是我正要去那伟人的祖国中国。我要把这张照片带在身边，我要像海报上的豆叶一样出名。我要让妈妈知道，我作为一名才艺出众、贞洁典雅的日本艺伎在中国！

18 噩梦旅程

　　如果说，先天下午我读了奶奶关于在田中会长家得到来中国为军队表演歌舞的消息后，莫名的压抑、郁闷、沉重的思绪统治了我的整个心魂；那么今天下午续读的关于奶奶来中国途中噩梦般的遭遇，前边的那种压抑、沉闷的心宇，犹如汇聚在汪洋上的浓重潮闷的蒸汽，突然遭遇了一股强猛的冷风，瞬间将潮闷的蒸汽搅动成足以摧毁我整个心魂的惊涛骇浪和恶风暴雨。

　　而且，同时让我震惊的是，吃过中饭，当我在奶奶房间打开那只黑布包袱，取回忆记录时，下午要读的，不再是零散的纸片，而是父亲上小学时的一本《算术》(那时小学不叫数学)作业本。奶奶在作业本背面纸上用日文密密麻麻记录了来中国途中的噩梦般的遭遇。让我更为吃惊的是，我翻到第五页时，竟发现了一张用无字的废纸包裹着的硬纸卡一样的东西，我打开看，竟是一张陈旧得发黄的照片。再仔细看，居然正是在我上午读过的记录中奶奶设想要照的照片！令我不解的是，这张照片并不是奶奶喜欢的——在自家门前照的那张，而是在多角寺照的那张。我下午阅读的开始，基本是一边看照片，一边阅读文字。

奶奶在接下来的记述里说，就是在田中会长派岸信来告知奶奶抓紧准备的第五天，那个男人最后到奶奶家来，把洗印出来的照片交给奶奶。三天前，奶奶为了赶在出发前能把设想的照片交给妈妈，也让自己出国时能够带上，就让姐姐求会长帮忙，结果第二天会长就让岸信带摄影师来，分别在鸭川河岸边的家门前和多角寺宝塔下樱花树旁摄影留念。姐姐还要奶奶和她一起在多角寺下樱花树旁合影留念，她要把这张合影留念挂在她家里，因为奶奶是她结拜的最好的姐妹，之后又仅隔一天，那个眼睛骨碌转的岸信就把洗印出的照片拿了来。

　　岸信把照片交给奶奶。奶奶正要看，岸信说，路上看吧，带上你准备好的东西走吧，车在外边等着，火车票也订好了，因为是集体行动，去中国的轮船时间是定死的。看样子刻不容缓，奶奶收拾好行李，那是一只黑色的包袱，里边有艺伎表演时用的发饰、化妆品、一把折扇和会长以大佐的名义送的那件名贵的和服。又把两张同样的照片交给母亲，母亲接在手里看也不看，只把悲伤的眼神死死地望着即将远行的女儿。奶奶急忙跪下来给母亲连连鞠躬。母亲也就跪了下来，抱住女儿的头，放声地哭。于是奶奶和母亲便哭成一团。弟弟小豆见状，跑过来也抱住奶奶死命地哭叫，我不要姐姐走啊，不要啊……在一旁的岸信毫不动情地号叫起来：行了行了！又不是去战场送死，哭什么哭！川美，刚说过了，车等着，船候着，不可误事！说着就伸手拉奶奶肩膀。奶奶生气地一摆肩膀。岸信缩回手。奶奶这才松开母亲，边扭身要走，边哭着安慰母亲：妈妈，到了中国，我一定给你写信。战争一结束我马上回来，永远不再出门。又回头对弟弟说：小豆，听妈妈话，快快长大，等姐姐回来。说着又哭起来。岸信又急躁了喊：走走走！别误事！奶奶这才提了包袱，边哭边往门外走去，直到走至院场边儿，回头看去，不见母亲，只听屋内哭声愈惨……

奶奶和岸信上了同一辆黄包车，行至火车站，从一片水汽中登上火车。接着一声汽笛，火车钻出一片水汽烟雾，老牛般喘着粗气，"哐当哐当"地行驶起来。奶奶和岸信在一张破旧的排椅上坐下来。听在长崎做工的爸爸说，从京都到那里大约要十多个小时。尽管奶奶是第一次坐火车远行，但无任何心思观看车窗外的景物，而是从出门时穿的一件棉袍衣袋里掏出岸信刚送来的两张照片看了起来。奶奶和姐姐的那张合影没让岸信捎来，而挂在她的家里。两天前照相时，心情兴奋，高兴得忘乎所以，可此时拿出照片一看，却突然感到心灰意冷，生出诸多悲凉。这是因为，奶奶看着照片，想起在艺馆时姆妈说过，海报上那个有名的艺伎的照片，虽然也是黑白照，但她身旁宝塔下的那棵樱花树是那样绚丽鲜艳，一树的绯红。因为那是鲜花盛开的欣欣向荣的花季照的。而自己手里拿的这张，同样是黑白照，却立即勾起照相时的情景来。当时天低云暗，悲风呼啸，雪片不再白净，而是像蝗虫一样漫天胡乱飘飞。她身旁的那棵樱花树因为季节，别说花，就连几片稀疏零落的叶子也不知何时都落光了。现在光秃秃的枝干虬龙般伸在光影暗淡、雪片乱舞的空中，给人一种怪异的不祥之感。倒是门前那张照片让她久久凝目。那樱花树虽也落叶，但是照片上的妈妈、弟弟和奶奶自己都张着笑脸站在一起。奶奶凝神看着照片，感觉里，那伸在空中的枝干上竟影影绰绰地长出了叶子，朦朦胧胧地开出了绯红的花朵！刚出门前，要是那个让人看着不舒服的岸信不催促她走，让她出神入化地看看照片，她会只带门前照的，而放下多角寺宝塔下照的。

奶奶全神贯注地看着照片，思绪一直沉浸在对往事的回忆中。那个岸信两只骨碌转的眼睛从一上车就不再动，就像钉子一样钉在奶奶脸上，仿佛从不认识似的。岸信一动不动地坐在奶奶身边，看上去完全就是一个押送囚犯去某地服刑的便衣警察。

不知过了多久，一声沉闷的汽笛，接着又几声车厢和车轮刹车时发出的重响把奶奶从久远的沉思中唤醒。奶奶抬头看着车窗外，见几只路灯在月台的夜空中闪着昏黄惨淡的弱光。奶奶只听说到长崎码头去沿途要经广岛、九州等城市，现在却不知到了哪里，因为所有的建筑以及标志性的广告都隐没在浓重的夜色之中。车站死一般冷清，看不到京都车站那种旅客、行人影影绰绰的情景，唯有距月台不远处的两家小吃店还亮着昏暗的灯光。岸信目瞪着奶奶，说：你不要动，在这儿等一下，我去买点小吃。说完看奶奶一眼下了车，走上月台又回头看一眼奶奶临近的车窗。一切氛围和景况使奶奶丝毫找不出一名才艺出众的艺伎出国演出的感觉。她感觉到自己倒像是一个被流放者，或是像一个被拐卖的妇女。一会儿岸信买回几张甜饼和烤鱼片让奶奶吃。奶奶心里茫然无着地吃着，那饼和烤鱼片在嘴里被木然无味地咀嚼着，和咀嚼冰块、木片儿的感觉毫无两样。

这时，奶奶忽然想起了妈妈、弟弟，眼泪扑簌簌地流了出来。奶奶又想起了爸爸。岸信和姐姐说车到长崎，但看眼前情景，谁知道呢！川岛善美姐姐此刻在奶奶心中瞬间变成了一个令人心疑的陌生人！那岸信简直就是一个某种阴谋的实施者。

接下来奶奶关于车到长崎，直至登上开往中国的货轮的记述，让我读时刻骨铭心，悲愤欲绝！

自夜里车在那个不知名的站上停了一下，岸信下车买了甜饼和烤鱼片上车后，我心里惶恐，片刻不宁。我一直目不眨睛地盯着窗外。尽管我看见窗外暗夜沉沉，无边无际，漆黑一团，车就像行驶在偌大的地狱里似的，什么也看不见，但我还是不由自主地盯着窗外。我心急如焚地等盼一丝晨曦从车后升起，哪怕只让我看见有关地名的几个字，从而判断车至何处，他们到底要把我运到哪里。而自我这样一来，岸信就定死了骨碌转的眼珠，一直盯着我，仿佛一不留神，我就会贼一样越窗逃走！

心急只显时间慢，听人讲的四五个小时车程，我仿佛经历了几天的忍耐。终于，当车头引着乘客由西南向偏南转弯时，从我左方的车窗里我看见我的故乡京都方向升起了漫天的鱼肚白。从那里到这里，时差不到一个小时，所以乘客们骚乱起来，说火车马上就要到长崎了。我双手拎了拎包袱，把它攥紧了。岸信就说：急什么？我说：几天前我给爸爸写了信，虽然我还没有收到回信，但肯定爸爸是知道我要从这里出国。所以我要去和爸爸道别。岸信板着脸，眼珠子却骨碌了一下说：拜托，放弃这个念头吧！我问为什么？岸信说：我按会长和大佐的交代行事。我送你跑这么远路是军事行动。我没有权力让你私自行动。你要向爸爸道别，得让我办完交接手续才行。到了接收人手里，你无论和谁道别，都不关我的事了。明白吗？

我是自由人，不是奴隶；我是日本京都有名的艺伎，到中国去为军人表演歌舞，不是服劳役，为什么会这样？

岸信讲了他自己的所谓有限职责，其他任何问题他无责回答。

19 在军用运输舰货舱里的惨绝遭遇

在距安葬奶奶倒计时的第五天下午，我读到了这样的记述，这些记述中的灭绝人性的真实情节，使我到了对一个民族的劣根性深恶痛绝的地步。尽管奶奶在世时常对我说，日本老百姓是好的，而头头总是想扩大统治地盘，侵占别个国家的领土，都用军国主义思想教化臣民，所以好的少、坏的多。但是就像下命令杀人和执行杀人，狮王吃人和狮群吃人一样，都是恶魔！

接下来的记述是这样的：

> 岸信带着我（实际是押解我）下了火车，又坐了一程黄包车，就到了长崎码头。岸信说，要带我去一个设在海边的接待站，这时我已感觉到实际是一个像黑奴交易场付钱领奴隶一样的接收站。我从小长这么大，是第一次到码头，应该感到非常稀奇：听人说的，书上看的，码头上那种纷纷攘攘的物流、车流、人流，海岸边成片拥塞一起的客轮、货轮、渔舟、帆船，那种混杂的闹闹嚷嚷的人声、马达轰鸣声以及水面上此起彼伏的各种沉闷的、或

像老人喘气的汽笛声……这一切庞杂、混乱而又非常新奇的场景，此刻对我来说，都关闭了。从进入码头到所谓的接待站这一段路途，我完全就是一个聋子、哑巴，就连双眼，也变成了可以移动的小孔。因为我的全部注意力和视线，都集中在一点上：希望在密如蜂巢蚁穴的人流中有幸看见爸爸的身影。可是，从岸信带着我一直走进那个接收站的木板房，都没有看见爸爸的身影。我这时的感觉，岸信说的等办完交接手续让我求接收站的人让我见爸爸，实在是骗人的话。我的心魂在踏进木板房那一刻，已被抽到九天云外去了，我脑海里一片恐怖的空白。

我心慌意乱，疑虑重重地走进"接收站"。这是一间大约五十平方米的木板房，一张桌，两把椅，还有十多只凳子。我进门时，已有近二十名穿着各色棉袍的女孩，腰里大都扎着宽腰带。也有几个穿和服的，不过宽腰带都结在腰前，我知道这些都是妓女。女孩们各自扭七撮八地坐在凳子上或靠木板墙低头站着，听见脚步声，都扭头看我。木板房里有三名军人，两个上等兵，手握着带刺刀的步枪，另有一个中尉，腰里挎着军刀。岸信让我站着，自己走到中尉坐的桌前，和中尉咕咕叽叽私语半会儿，看样子大概在介绍我的姓名和来自何处，因为紧接着中尉打开桌面上的一个花名册翻查着，然后指着一个名字，心领神会地点了点头。我想那名字一定是我，因为再紧接着中尉便抬头笑着看了看我，示意我到他桌前去。就在这一瞬间，我心中曾飘过一丝暖意，想到遇荣会长和武田大佐向他们交代过我是什么人了。可是这种感觉太短暂了，在我向中尉跟前走的过程，我发现刚才的感觉错了。这中尉是一个三十多岁的军人，很瘦，那脸白得就跟我们艺伎表演时用瓷土涂了一样。不同的是，这白脸军人看上去就像恐怖电影中脸白如纸、双目黑洞中亮着绿莹莹幽光的鬼怪一样，而且特别让我一看会永远记住的是这名军人的嘴角，可能因为中弹后手术取掉了一小块皮肉，所以一笑起来，龇牙咧嘴，扯得跟狼嘴似的。说真的，我并不是有意丑化这名刚见面的军人的形象。我是由半个小时后，在轮船货舱中他的行为印证了此刻对他的印象。

当时我战战兢兢地走到中尉桌前，回答了中尉关于我的姓名、年龄、住址、职业的提问。中尉一边提问，记录，一边不时抬头看我一眼。当听到我是一名艺伎时，双眼像狼一样发着绿光盯着我，淫荡地笑了一下，回头对岸信说："好了，没你事了，回京都交差去吧。"随之岸信的眼睛骨碌着看一下中尉，对我说："小川美，再见了。这位长官是石原史太郎中尉，往后你归他管了，有事向他说吧。"说完，就阴笑着出门走了。

岸信走后，名叫石原史太郎的中尉拿起登记簿和花名册，站起来大声命令："好了，都起来，上船！"史太郎说完，板房里的女孩们都拿起自己简单的行李站起来。两个士兵也都把一直手扶着贴身放在地上的长枪端起来，一边嚷嚷：走啦走啦！一边用摆动的长枪拨拉女孩们向木板房外走。此时，我向中尉说："石原长官，我爸爸在码头上是个领工，我向爸写过信了，我要去和爸爸道别。"中尉挤眼咧嘴斜看着我，不容分说地吼道："啰嗦什么，上船上船！"士兵听中尉吼，就用长枪上的刺刀拨拉我快走。我气愤无望地跟着二十多名女孩向板房门外走了。

我和女孩们在两名士兵的监看下，由中尉带领，穿过喧哗骚动的车流，人流，上了一条长长的海堤，向码头边处走去。约五分钟，我们看见一艘货轮停泊在港口边上。在货轮二层的四边走廊上，有近十名全副武装，戴着有耳扇的军帽，端着枪的士兵，警惕地在走廊上走动。我们正沿着连接海堤和货轮的木板活动桥向货轮上走，我正为临走没见上爸爸而难过气愤，忽然听到数十米开外有熟悉的招魂般的呼唤之声喊着我的名字，我听见那是我爸爸。我猛回头，差点掉落进水里。我看见我的爸爸疯了一样，拼命地从码头那边奔跑过来，咚地跪倒在海堤那边的海岸上，双手手臂直伸过来，像是要抓住自己正在被从悬崖高处推下海的孩子。日本的男子并不会向自己的孩子屈膝而跪。我知道爸爸那伸直的手臂是向上天的呼救求告。我看见爸爸如此绝望悲痛，便撕心裂肺地喊"爸爸——"不顾一切地要跑回海岸上，撞得一个女孩差点掉进海里。一个士兵直奔过来用长枪拦我却拦挡不住。中尉闻声当即气势汹汹地奔过来，一把抓住我的棉袍前领，喊声："找死！"接着就用力把我往轮船上硬拽。我拼命地低头撅臀挣扎，要回到岸上和爸爸见面。可中尉力大，像狼叼婴儿似的抓住我的棉袍，犹如扔一件布包一样把我揪扔到货轮走道门口。我仍然死命地牛犟着不进货轮要回岸边，同时回头哭喊着爸爸，却突然看见爸爸已不再伸着手臂呼唤我，而是双手抱头，完全绝望地把额头栽在地上。我想爸爸在码头做工，一定知道我们这些女孩子到中国去干什么，才这样绝望悲痛。

我被强制推进货轮，爸爸却还绝命地跪在海岸边上。这惊心动魄的一幕就永远地铭刻在我心灵的屏幕上，到死都难以忘却。特别是八年后的昭和二十年（即1945年）8月9日，美国把第二颗原子弹投向长崎从而结束战争，日本的"坏头头"为自己的扩张和屠杀付出沉重的代价，这时我才意识到此次在长崎码头隔堤相望是我和爸爸相见的最后一面。此后长崎变成一片焦土，爸爸也永远如同雕像一般伸着双臂，把头栽在地上跪在长崎码头，也永世跪在我被焚烧的心灵深处！

我读奶奶的回忆记录，读到这里，已渐明白以前奶奶在世时，为什么不让我去日本留学，抗战胜利后奶奶为什么死活不回日本，因何为等来一个日本明智的好头头，以便把日本引上和平之路。但是，我的这点明悟还显得太早，因为我读了以下的文字，才生出了当奶奶被气得绝命之刻，我恨不得手持铁棒，以砸碎电视屏幕来砸死日本这个新上任的"坏头头"的仇恨和义愤！

奶奶接下来记述道：

又过了五分钟，我们二十多名女孩被押进货轮二层一间约四十平方米的货舱里。从登上货轮到进入这间货舱，我看见货轮上到处都堆放着用木条箱装着的枪支弹药。在刚进入货轮的大舱里，还停着几辆军用指挥车和一辆装有小炮的装甲车。而我们被押进的货舱里只有两门临时支起的炮筒。这使我想起田中遇荣会长客厅里那幅美女坐在巨型炮弹上的油画。这间货舱里除此之外，地上一个挨一个地只铺了些薄薄的军用毯。我们被押进货舱后，这里已有五十多名女孩。有三个士兵看守着她们。我们进来后，士兵让已有的女孩都站起来，一齐沿四周的木板墙壁站成一圈。五个看守我们的士兵端着枪，看看这个看看那个，像军犬一样在舱里走动。我们面面相觑，都不知道接下来会发生什么。这时，那个名叫石原史太郎的中尉手持花名册走了进来。史太郎站在舱厅中央，先逡巡全体女孩们一眼，当最后目光移到我身上时，停留的时间最长。

中尉盯着我，咧了咧狼嘴，看上去既馋涎欲滴，又显得凶神恶煞。

接下来中尉吼一声："现在开始点名。"说完，点一个，一个女孩应一声，中尉就像照相对焦距一样看一眼这女孩。有女孩低头小声答：到。中尉就大发雷霆：抬起头，大声点！我告诉你们！现在，你们都是军队征集来的慰安妇了。到了中国战场，你们每天每人要脸对脸体对体地面对数名从战场凯旋的军人，让他们快活痛快！用你们的乳汁和爱液给他们注入杀敌的勇气！他们即使死在战场，身上还留有你们的香气。所以，你们今后不许再低头，你们对我们的军人，要挺起丰乳笑脸相迎！当然，顺便在此说清了，除了你们，同时还有从朝鲜、从中国征集去的慰安妇。你们，也就是我们大日本帝国的花姑娘，和她们不同。你们只供我们大日本帝国的军官享用。所以，你们都抬起头来！"

我听了这话，想起田中会长和善美姐姐一直对我说的我去中国是为军队表演歌舞，又想起妈妈几次对我讲的不要轻信他们说出国做工或干别的什么事情。我一见眼前真相，一听中尉说我们是慰安妇的话，整个心身立即被撕裂成碎片飘散空中。我当场昏倒在地，冥冥中又感觉到身旁的女孩将我搀扶起来。紧接着有人捏住我的下巴，将我脸庞向上抬起，同时有声音说：你怎么回事？川美姑娘，想死吗？现在不到死的时候，要死，得死在中国！死在日本军人的身下！我迷蒙的意识被惊醒，我立即意识到这是中尉的声音，又想到半小时前在接收站里中尉指着花名册点头阴笑的情景，猛觉一定是哪儿出错了。看来，会长和大佐并没有告诉中尉我是什么身份，去中国做什么。于是我突然来了辩白的勇气，意识到这是最后一搏。我睁开眼，站直了，抬起头说：

"我是京都有名的艺伎。我到中国是为军队表演歌舞！我不是慰安妇！也不要做慰安妇！"

"嗯——幺西！"我听中尉问我，"是谁给你这样讲的？"

我说："会长说的。"

中尉好像莫名其妙地问："会长？什么会长？"

我说："田中遇荣会长，搞军火的。他又是听在中国战场的大佐讲的。"

中尉又问："什么大佐？懂不？大佐就是世界其他国家的上校。现在在中国战场，日军有成百上千的大佐！单旅团长一级的将军，就百十名呢！你说的大佐属哪个师团？"

我说："我不知他在哪个师团。他名叫武田雄二。"

中尉转过身，面对所有女孩，高了嗓门说："花姑娘们都听着！这位叫川美秀子的姑娘，是听什么大佐对她讲不要做慰安妇的；而我，是按大日本帝国军部设立的慰安妇制度办的！包括这位所谓的艺伎川美姑娘，你们，不管过去是什么，艺伎也好，妓女也罢；教师也成，学生最佳；或道姑、护士、演员、记者等，现在，到了这艘货运船上，统统的，性奴！统统的，慰安妇!懂了吧？慰安妇是什么？看看今天将要运输你们的这艘轮船就知道了。这艘运输你们的轮船，不是客轮，而是帝国军方军用战略物资的运输船！所以你们，统统的，都属于战略物资，而不是人！明白否？这个川美秀子说的什么会长，是军火商。那你们，统统的，特殊军火！是点燃军人杀敌勇气的火药！现在，一切服从战争，这是天皇陛下的旨意。是为开拓大日本帝国疆土，把大日本帝国的太阳旗插遍全球的需要！为此，我们的军人，在战场上流血，为帝国献身！这位川美秀子说去中国战场表演歌舞。去吧！今天我们正要运送你们去，去用你们的肉体，在临近战场的慰安所里，在军人们的肚皮底下，狂舞吧！用你们动情的床上尖叫和柔情呻吟，歌唱吧！让帝国军人从你们的肉体上站起来，举起钢枪和战刀，向中国前进！向敌人冲锋！你们是大和民族的鲜花，是军国的宠儿。我开诚布公地告诉你们，同样是女人，敌国的姑娘可就不这么幸运了。她们愿做慰安妇，就和你们一样为帝国献身；她们要是反抗，捅进她们下身的，可就不是帝国军人的命根，而是帝国军人枪上的刺刀！"

中尉说到这里，转身面对我，一边伸手摸我脸颊，摸我胸脯，一边说："秀子姑娘，你，听明白了吗？还说你是艺伎，不做慰安妇吗？"

我几乎啐一口给史太郎，我举手用力拨开中尉摸我乳房的脏手，吼叫着重复："我是京都艺伎。艺伎卖艺不卖身！你这样侮辱我，我要告你！"

"告？么西！"中尉冷笑着，咧开狼嘴，眼变绿了说，"到天皇那儿告去！到军事总部告去！"中尉讥讽地说着，突然回身，对那个身材高大长相粗鲁的士官喊声："士官！"士官"叭"一声两脚并齐，敬军礼答："嗨！"中尉大声命令："我命令你，现在，将这个叫川美秀子的艺伎变成慰安妇！先慰安你！"士官听了又喊声："嗨！"把带刺刀的长枪放在地上，握拳抬臂，跑步到我面前，又立正敬礼，然后就解我腰带，扯我棉袍。我奋力反抗。中尉又喊另两个士兵："一等兵！二等兵！上前共同制服！"两士兵效仿士官，一齐喊："是！"一起跑步过来，又立正敬礼，当即动手脱我棉袍，扯我内衣，把我扭住靠墙站了。我仍在扭动挣扎。那高大粗鲁的士官就脱了他的军裤，馋涎欲滴地奔过来对我施暴。吓得所有女孩都背身捂脸。中尉又喊："都给我看着！看这个艺伎如何变成慰安妇！"我急疯了，突然想起兔子急了也咬人的古训。我的手臂及双腿被一等兵、二等兵控制着。我就咬，碰上哪儿咬哪儿。士官只顾慌脚乱手施暴，突然"哎哟！"一声尖叫，松开我。我恶心地吐了一口，把士官被我咬掉的多半片耳朵从嘴里吐了出来。我正嗷嗷地要吐，士官却猫腰捂耳号叫。中尉见这情景，恼羞成怒，"嗖——"地拔出腰间的军刀，两步跨到我跟前，把刀举过头顶，要杀鸡儆猴劈了我。我闭起眼等死，刀却没有落下。我听见一等兵的声音："长官，杀不得，到南京要按数交差的。"士官又吼道："不！我要操死她！操死她！"中尉接着喊："捆住她！捆住她！"两个士兵从地上捡起我的宽布腰带捆住我。我睁眼看见中尉解下他的皮带，一边骂，一边发狠对我遍体抽打。我闭起眼，直到昏死过去……

20 噩梦惊醒到中国

阴谋！骗子！流氓！无赖！王八蛋！狗娘养的！千刀万剐难解心头恨的强盗、恶魔……下午刚刚读罢奶奶因被泪水打湿（当时一定是边写边哭）、因而字迹模糊不清的回忆记述，一排排令人五雷轰顶的形容词像一把把钢针似的打入我的脑海。仇恨、愤怒像烈火一样焚烧着我的心扉，搅乱了我的脚步。我不知自己怎样离开二道梁上为奶奶构筑的墓地，两眼发黑，天旋地转地回到平原上的家里，一头扑在灵帐后奶奶的棺枢跟前，像抱住被人打死的母亲的尸体一样抱住奶奶的灵枢，放声大哭。听见我哭的人都颇感突然，因为奶奶已去世多日，今天却是我头一回这样悲声号啕，于是不明其故，都跑过来劝我，拉我，问我：到底怎么了？我难以言表，更是一言难尽，直到哭得声嘶力竭……

大约到了后半夜，我从奶奶生前睡过的床上醒过来。我不敢拉灯。我的视线穿过从窗户透进的幽暗光线看了看立在地上的、奶奶放黑布包袱的陈旧的板柜。我下了床，看着板柜，忽而感到奶奶此刻并没有躺在厅里灵帐后的棺枢里，而是躺在我眼底的板柜里。于是我俯下身子，上身趴在柜面上，额头搁在并放着的双小臂上，默然地抽泣、流泪，直到天明。

黎明的晨曦将父母送到我一夜未出的奶奶房间。父亲问我：

"继承，从昨黑咧到今早，你到底怎么了？"

我说："我想给日本撂一百枚原子弹！"

母亲很惊愕，她怕我因失去奶奶疯了。父亲替母亲劝我："继承，奶奶九十七了，方圆几十里地，就你奶奶寿高。人常说，寿高百岁，终有一死。高寿去世，乃是喜事。现在离安埋你奶奶只剩四天时间了。明天晚上戏班子就到了。礼宾先生上午就来了。午饭后，得请人搭棚，搭个小戏台子。你知道，安埋老人那天，得有一纸祭文，把你奶奶一辈子操持家务，抚养儿孙的恩德、功劳、苦劳好好写一下，咱们家都是有文化的人，自小你跟着奶奶，不麻烦礼宾先生了，你就给咱写吧。事多，眼看没时间了。你刚才说给日本撂原子弹的话，爸知你是气话。没时间了，安埋你奶奶要紧。该做啥，得赶紧做啥，对不？"

"你们知道啥！"我想着奶奶那一撂子回忆日记，暴怒道，"你们搭你们的台，唱你们的戏！搭你们的棚，做你们的法事，念你们的经！少管我！"

父亲愣了一下。母亲怕我再发大火，拽了拽父亲的胳膊，向门外走了。父亲临出门，回头颇感莫名地看了我一眼，那神情说明心里想的和母亲一样：

我疯了！

我虽怒火烧心，情绪暴躁，父母却不知情，但有一点，父亲说的只剩四天就要让奶奶入土为安，这是不容改变的。尽管我明白无误地知道，奶奶接下来的记述绝对是让人不忍卒读的。但是，奶奶下葬只剩四天了，奶奶后事如何，不忍读也得读了。

我随便抓了几个热馍，取了厚厚一沓奶奶的回忆日记，做好一天不回家的准备。家里人怕惹我，随我怎么样，没人说了。

时近大寒，天气突变。从先天夜里，一阵黑风之后，大雪纷纷扬扬。待我上了二道梁，已漫天皆白了。不过，一切我都顾不得了。我掏出奶奶的回忆录，坐在冷冻如冰的青石磴上，开读了。说也怪，我刚读了今天的开头，风竟慢慢停了下来，雪也止了。我顾不得弄清天气为什么这样瞬息突变，因为我整个身心已完全进入了奶奶万分不幸又十分奇诡的生死历程。

爸爸、妈妈、小弟豆豆，我们要永别了，或者我已经死了。我不知道我离开那个让我刻骨铭心、悲痛欲绝的长崎码头过了多长时间，也不知道我到了什么地方。我因噙满泪水双目近乎失明，仿佛身陷无边黑暗的地狱。我们双耳整天听到的似乎也不是人间的正常声音。我通过这非人类的声音猜想这是一个魔鬼横行的世界。因为几乎每个时刻都有不绝于耳的雷声，听见天崩地裂的爆破声，还有那种持续不断的洪水冲石滚动的轰鸣，魔鬼的咆哮和鬼哭狼嚎的尖叫以及无数冤魂的痛泣悲嚎。这种种声音使我蒙蒙眬眬意识到我在穿越一个个战场……

我不知道自己是连做噩梦，还是灵魂在尘世长途游荡。但是，总的感觉好像未死，是噩梦连连。我梦见我回到长崎码头，我看见爸爸还伸着双手跪在海岸，但爸爸已不认识我。我又回到鸭川河东岸半坡家里，我找见了妈妈，看见了弟弟小豆，但妈妈、小豆同样不认识我了。我愤恨地到姐姐川岛善美寓所去找。川岛善美久久地凝视我，问我，你是谁？我指着姐姐墙上挂着的与我在多角寺宝塔下樱花树旁合影中的我，问：你说这是谁？你为什么要骗我？姐姐恍然大悟认出了我，吃惊道：秀子，你怎么成了这样！我愤怒地吼叫：你是骗子！你说让我去中国是为军队表演歌舞，实际是让我去做慰安妇！川岛说，妹妹，这是遇荣会长听武田大佐说的，我才告诉你的。我吼叫道：善美！遇荣！武田！你们全都是骗子！流氓！强盗！我吼着，想到雄二大佐在中国，就转身冲着中国，一连数语声嘶力竭地叫骂：大佐！武田！武田！大佐！你这流氓！强盗！骗子！你不得好死！我杀了你！……

　　我正怒不可遏地叫骂大佐，突然让我惊得像头顶炸了一声响雷。我真的听见了大佐的吼声。那声音比我的暴怒有过之而无不及。不过那暴怒之声不是对我，而是对中尉史太郎："中尉！混蛋！史太郎，我毙了你！"

　　这声音如雷贯耳，我惊醒了。

　　我真真切切地看见了大佐，也看见了在船舱里当着数十名慰安妇用皮带把我抽得死去活来的中尉史太郎。不过我看见的已不在船舱里，而是设在中国某处一座小城的军队团部里。我看见雄二大佐右耳那点蚕豆大的耳垂在抽搐抖动，我记得这是大佐生气时的表征。我还看见中尉正咧着狼嘴，不服但

114

不得不低头立正挨训样地站在大佐对面。而我靠墙站着，双手像戴铁铐那样被绳子缚绑着。

房内的设置让我判断此刻真真切切是在中国，不在梦中。我意识到近几天来，我一直处在似醒非醒似梦非梦的半死昏迷状态。而此刻我真实地是被惊醒了。具体地说，是刚才我说梦话骂大佐，而大佐训斥中尉的声音把我惊醒了。

我不知道在我昏迷之中，他们用了多长时间把我怎么弄到这地方来的。

我被惊醒后的情景是，大佐指着对面的中尉喊叫着，命令着："你！怎么可以这样对待她？你知道她是谁？什么身份？你立即给她松开双手，让她请坐，并道歉！"

中尉史太郎听了，一边为我解开手上的绳子，端一只中国旧式木椅，扶我坐下，一边向大佐解释：

"长官，我只知道她名叫川美秀子。我刚开始不知道她什么身份。我按军事总部的命令，凡我这一路接收的，统统的慰安妇。交我接收的一个叫岸信的人没有告诉我川美秀子是什么身份，也没有告诉我什么长官有什么指示。我只是按军部设立的慰安妇制度行事！"

"你为什么抽她？为什么绑她！"大佐又逼问中尉史太郎。

"长官，"中尉解释道，"我接收的八十名慰安妇属军事行为，已登船。而这位川美秀子非要离队去见她在长崎的爸爸。我们不许，告诉她是慰安妇。她不但说她不做慰安妇，还破口大骂我们骗子、流氓、强盗！请长官问这位川美秀子。"

"川美姑娘，"大佐问我，"是否这样？"

"他指示士官强暴我。"我说。

"嗯？"大佐瞪着中尉。

中尉说："她怒言不做慰安妇，还大骂。我让士官用行动告诉她是慰安妇，她反抗。"

"强暴是否成功？"大佐问。

中尉说："她咬掉了士官耳朵，我用皮带抽她，绑了她。长官，她，川美秀子，在长官眼里是京都艺伎，我按军部慰安妇制度行事。在我眼里，她就是慰安妇！"

大佐无言，在屋里猴急地转了两圈，回到桌前，拷问中尉："你……就依军部慰安妇制度，川美就算慰安妇。我问你，普通官兵需要慰安，难道指挥杀敌的将军、司令……"大佐说着抽出了军刀指向中尉史太郎，重复道，"难道将军、司令就不需要慰安了吗？说！"

中尉语塞，双腿"叭"一声并齐立正，低头"嗨！"一声："长官，下官明白了。"

"还不道歉！"大佐命令。

"长官，"史太郎并无道歉之意，说，"我依军部制度行事，不知长官有如此安排，下不为例。"

"滚！"大佐吼了一句。

"嗨!"中尉立正，低头敬礼，退出门去。

"川美姑娘，你的，委屈了。"大佐倒一杯茶放我面前，说，"中尉说的也是，慰安妇确实是军事总部设立的制度，并获天皇陛下恩准。不过，你和千万个慰安妇不同。从朝鲜、中国征集来的数万慰安妇是供普通官兵享用，从日本本土征集来的却只供军官享用。而你，川美秀子，一名美貌的京都艺伎，在日时我想买姑娘水扬未得，在中国战场，更无此奢望。我原打算将真正最美的花姑娘，你，奉献给中国战场，具体说，就是华中战区最高司令官，最低也是我熟悉的第六师团长官。可是，因为我的意图无法传达到，加上中尉史太郎所说的运送途中发生之误会，以致川美姑娘受了委屈。而最让我生气的是，既然士官已对姑娘无礼，我之初衷再无法实现。不过，川美姑娘，我保证，你即便做了慰安妇，这是制度，我无法变更，但我依然有法使川美姑娘享受到慰安妇中最高待遇! 我保证!"

从日本到中国，一路的骇人遭遇、变故，我已落入圈套，铁的见证，已使我不肯再相信任何人的蜜言许诺。且走且看，听天由命。暂活下来，为着故土的爸爸、妈妈、弟弟。

先忍着，我这样想。

21　慰安所和总攻动员令

　　奶奶遭遇坎坷，命运如大海惊涛，跌宕起伏，我发现自己极难预测。况且现在时间也不许我费思猜度。所以，中午我只能啃了一个上午带来的冷馍，便不停开读起来。

　　昭和十二年（1937年）12月10日，是我意识清醒后的第二天。上午九点多的时候，武田雄二大佐派一辆军车（是一辆黄帆布小车，里边可坐三个人）把我拉到一个我没有记下名字，但距中国首都南京很近的县城郊野去。当时，大佐和我坐在后排，前边副驾驶位上还坐着一名军官，是副官、秘书还是通讯员我不清楚，武田大佐告诉我，他的名字叫冢田晋右。出来的时候，大佐说是为了方便，没让我穿棉袍，更不让我穿他在日本时送的和服，而是弄了身没有领章帽徽的军帽和棉军服。路上我问大佐我们去干什么？大佐说，让我去见识一下大日本帝国军队的威武和强大，就明白了为什么要征集那么多慰安妇到中国战场上来。说起慰安妇，我立即想起先天晚上我所经见的令我心惊胆寒的事来。先天晚上武田雄二大佐把我安排在日军临时设置的慰安所住下来。慰安所在县城西北方向的一条街巷里。而县城据说是日军四天前才攻占的，距中国首都南京有一个多小时的车程。设置慰安所的前一天，刚刚清理了数百具尸体，主要是中国老百姓，还有部分中国兵和日本兵（当然是分开处理的）。现在虽然还驻扎着日军部队和极少数活着留下来为日军做劳工的中国老百姓，可是，每当夜晚，整个县城黑灯瞎火，除了可以听见一些日军伤员的痛苦呻吟和野狗的嚎叫，县城完全就是一座巨大的令人毛骨悚然的墓地。我被临时安住的慰安所是一个不很大的院子。院里靠后是一座面朝大门，坐西向东的二层楼，每层有九间房。大佐为证实他对我是一片好心，我和其他慰安妇不同的许诺，让现在坐在副驾驶位上的小军官把我安排在二层楼最中间的一间房子里独住，而其他房子都有二三名慰安妇同住。晚上大佐没有到我房子里来，也没有其他日本兵到我的房子里来。太阳落山之后，我无心安睡。在京都时，每天傍晚这时候是最热闹的时候，而在这里，天地阴沉沉的一片昏黑，除了天上呼啸而过的前往南京执行轰炸任务的飞机发出的阵阵搅动大气的轰鸣，还有从西北方向传来炮弹落地的爆炸声，以及阵阵混成一片的机枪扫射声和白刃厮拼的喊杀声，除从不远处传来这种令人恐怖的声音，眼底的整座县城就是一座阴森恐怖、令人窒息的地狱。在来中国的轮舱里，我听石原史太郎说过慰安所和慰安妇，但想象不出是怎么回事。我就趴在东边的窗户朝下看。发现整座院子昏暗朦胧，不知这座小城原本无电，还是因了几天前的轰炸和炮击，现在黑黢黢的一片。残缺的城头门楼上挂着一盏马灯，灯焰惶惑不安地摆动着。灯影婆娑之下黑压压的一片日军官兵，争先恐后，蜂拥而至，从窗户看去，完全的一群争喝人血的妖魔鬼怪，当即让我不寒而栗。接下来，那些官兵闹闹哄哄挤进门，好像从几个把门的官兵手里领了我看不清楚的手牌或其他什么东西，官兵们只看一眼，就如狼似虎，饿贼一般分散开来，向各个房间跑去。然后再约一两分钟，各个房间便传出尖厉的哭叫声，纷乱的撕打声，男人粗鲁的嗷嗷吼叫声、训斥声，女人的求饶声，除了偶尔传来的一两声淫荡的嬉笑声（我知道那是我在货运舱里听到的那种妓女假气的叫床声）外，整个慰安所就像让你站在了一个偌大的生猪屠宰场墙外！我耳孔欲裂，不忍继听，从窗口回到床边，和衣躺上床，尽管用双手捂耳，可是那杂乱的、刺耳的声音就像无孔不入的飞虫仍往耳孔里钻。我欲听不忍，欲睡不能，估摸到了后半夜，楼梯及一楼走廊上脚步的踢踏声依旧，官兵们野兽般的嚎叫声、呼哧声依旧，而慰安妇们，女人们，除了个别房间传来的微声弱气的啼哭声，基本上都死一般地销声闭息了。

"川美姑娘，在想什么呢？想昨晚在慰安所的所见吧？"

随着车子的颠簸，武田大佐的问话声，把我从先天晚上的回忆中惊醒过来。

"没，没想什么。"我不知怎么回答大佐合适，就随便否认了一句。

"没想什么？"大佐说，"那就说明你已经非常适应慰安所的生活了！这，大大的好！"

我压根没想到大佐的话会从这里说起，像一记闷棍击在头顶，打得我蒙头转向。我思绪飞旋，急切调动我在艺伎学徒时练就的谈话应对才能。不过，大佐接下来的一句话，倒是给了我一个接头应对的话茬。大佐说：

"如果，你真的已经适应慰安所的生活，适应慰安妇的活计，那我为把你和其他慰安妇加以区别的努力，就像中国谚语说的，是'咸吃萝卜，淡操心了'。"

"不不不！"我已反应过来，赶紧说，"其实在当时，当军人们一个跟一个向其他房间疯跑，而不到我房间来时；当两隔壁和其他房间远近传来女孩们痛苦的哭叫时，我已为大佐对我的护爱感动得流泪了。"

"真的吗？"大佐说，"听了你这句话，我，可以聊以自慰了。其实，川美姑娘，如果你真的适应了慰安所生活，乐于每天给数名、数十名大日本帝国军人以慰安，让他们在你身上痛痛快快发泄性欲，从你身上爬起来冲向敌人，这无疑是一种明智的抉择。因为，这是帝国的需要，天皇的御旨！举国之大势所趋。现在大日本帝国，为征服中国，征服亚洲，让全世界每寸土地都插遍太阳旗，全民投入了这场伟大的战争。让我透露一个秘密，在你离开日本前后，军方已提出关闭所有艺伎场所。你来中国，由于会长、川岛善美和你、我的关系，是先走一步罢了。而且我答应你，不和那些强征来的慰安妇同等待遇。明白了不？"

我眼前一片雾霾，心被掏空，刚上车时得到的一丝我可能不沦为一般慰安妇的慰藉一扫而空，荡然无存。全部心魂瞬间又回到昨夜在慰安所那片屠宰场般的一片惨叫、嚎叫、哭叫声中，就连我如何有别一般其他慰安妇的猜想都烟消雾散了。

"怎么？还想不通吗？"大佐见我不作声，又接着说，"川美姑娘，想不通也得通。我也知道，我们已强行征集的数万名慰安妇，没有多少能想通的。当然妓女能想通，到哪里都是卖身挣钱，到军营里来，还免了在妓院门前搔首弄姿倚门卖笑地招客。可是，到哪里去征集那么多妓女？在我们已征集的数万名慰安妇中，妓女连百分之五都占不到。所以，想得通要做慰安妇，想不通也得做慰安妇，倒不如随机应变随遇而安，免得身心备受煎熬！再以我为例。我已年逾六旬，明治二十九年，我才十多岁，应征参加日中甲午海战，在舰船上受伤，右耳留下残疾，因天生愚钝，四十多年下来，才干到大佐。原想在本土安度晚年，可是天皇和军事总部为扩展帝国疆土，发起这场大战。这次大战可不是上次海战，是面对面，枪对枪，炮对炮，直至肉搏。中国有四亿多人，而我们仅一亿多，所以，天皇举国动员，连我这个六旬老头都调到中国战场来了。此次我们定要一举灭掉中国。因我和第6师团谷寿夫将军过去的关系，不直接冒枪林弹雨临战指挥，而是被任命领导军需后勤，属华中方面军松井石根大将麾下。可是，川美姑娘，偌大战场，落弹若冰雹，子弹如飞蝗，谁敢保证出门不随时随地中弹倒地？但因此我可以拒来中国吗？尽管你还没看我的肩章，当然你称我大佐，是为旧情，实际上我已是少将旅团长一级了。整个华中方面军慰安妇军务，亦归我所管辖。我说我保证你在慰安妇中享受最高待遇，你可相信了吧？你将成为大日本帝国慰安英雄，为帝国立功！你将……"

车猛刹闸，停了下来。副驾驶位上不知是副官、秘书还是别的职务的小军官说，长官，到了。大佐说，好，川美，下吧。前边的军官下车过来打开后边的车门。我和大佐刚一下车，就惊呆了。我从来没看见过这么多的军人。在一眼看不到边的山坡上、小丘上和平地上，密密麻麻站满了身着土黄色军服全副武装的军人，就像遮云蔽日漫天飞舞的蝗虫被雾霾般的毒剂喷杀了，在数十平方公里的地面上、山坡上落了厚厚一层。在这成堆成片的死蝗里，有无数像倾斜的电杆样伸向西北偏西方向的大炮，还有偌大的乌龟样卧在死蝗堆的无数装甲车和坦克。一切都静静的，死了样的。唯有挂在炮身上、士兵刺刀上的大小太阳旗在微风中颤悠悠地飘动着。大佐带我刚在一处稍高的地方站定，突然"咚！咚！咚！"三声巨响，我看见三个火球从炮口射出，向西北偏西方向的天空飞去。大佐说："马上就开始攻打中国首都——南京的总动员了。"我顺着大佐的手指看去，看见不到百米的地方有一个留着短胡子个头不高的军官上了一辆坦克，面向大炮所指的方向站定了。大佐说："那就是我对你说的大日本帝国华中方面军总司令，也是这次攻打南京的总指挥松井石根大将，他马上就要开始总攻南京的动员了。"大佐话音刚落，我就听见从一些伸在空中的喇叭里传来令我心惊肉跳的讲话声：

"大日本帝国的军人们！勇士们！"

"咚！咚！咚！"又是三发炮弹射出，满山遍野的军人举枪齐声高喊："杀！杀！杀！"算是呼应。

松井石根又讲：

"今天，中国首都南京守军，正式拒绝向我们大日本帝国投降。奉天皇陛下和帝国军方总部命令，我们就要发动总攻，十小时内，定要彻底消灭守军，占领中国首都南京！"

又是一阵山呼海啸般的喊声："杀——杀——杀——"

"今天，我要向全世界宣告，我们大日本帝国派遣的华中方面军，就要遵照帝国政府'立即采取断然措施打击中国'的声明，并遵照天皇陛下和帝国军方最高统帅部攻克中国首都南京的命令，开始发起向南京的总攻了！这是一场解决大日本帝国生存与发展空间的伟大战争！两个月前，我们刚刚结盟的轴心帝国，伟大的德国的元首、我们大日本帝国的导师希特勒说：为解决德国生存和发展空间，要在邻国及其广大的欧洲发动一场人类史上规模最大的战争！要光大世界上最优等的日耳曼民族，要从地球上彻底、干净地铲除、消灭最劣等的犹太族！对比而言，解决我们大日本帝国的生存和发展空间，比起德国，要更加严酷和迫切！我们大和民族，也是世界上最优等的民族，拥有一亿一千万人民，却蜗居在不足四十万平方公里的像蚕虫一样的海岛上；而支那，就是我们面前这个被世界称为东亚病夫的中华一族，和被希特勒导师称作的犹太族一样，是最劣等的民族。可是，他们，就是这个不该生存于世的劣等种族，数千年来，却占据着超过一千一百万平方公里的土地！这是人类的不公！这是世界的不公！

"大日本帝国的军人们！大和民族的勇士们！上帝，是仁慈的。但是，仁慈的上帝，不会主动赐赏给我们哪怕是一尺一寸的土地！但是，上帝又是公允的，我们自己，要以勇猛的精神，钢铁般的意志，威武的、不可战胜的力量，以飞机、大炮、钢枪和刺刀，一尺一寸地从我们敌人的脚下去争夺！我们要彻底地、不惜灭绝人性地杀死他们！消灭他们！为着扩大我们大和民族的疆土！扩展我们的空间！为此，我，松井石根，向天皇陛下发誓：要誓死发扬日本帝国之威武，使中国彻底屈服！今天，我别无他途，只有拿下南京，这，就是我必须完成的使命！还有，我们的许多将士官兵，均发毒誓，要为天皇陛下，要为国家效命。我们第10军司令柳川平助刚刚踏上中国这片土地就发誓说：我们要攻打的这片土地上所有的山川草木，统统都是我们的敌人！我们的上海派遣军司令，朝香宫鸠彦签署命令：铲草除根，杀死每个俘虏，一个不留！我们第六师团司令官谷寿夫将军命令：农民、工人自不待言，直至妇女、儿童，皆应杀戮之！我们第十六师团也下达命令，无论男女，凡活着的，一律杀掉，即使一只猫，也绝不放过！总之，我们的宗旨，杀尽东亚病夫，灭绝中国人，不管敌人投降与否，皆杀戮之！要和我们的一个中队长天野乡三说的一样，为震慑敌人，彻底消灭中国，战争期间，一切抢劫、强奸、杀人、放火，统统的，都可以干！

　　"伟大的大日本帝国的军人们！大和民族最勇猛的武士们！天皇陛下和最高军事统帅部为拥有我

们这样的神武之师而骄傲！但同时也知道，我们的军人前赴后继冲锋陷阵时，胸中除了有要渴望得到的土地，还有最温柔美丽的女人！我们大日本帝国具有武士道精神的壮士，和我们伟大导师希特勒元首所称赞的日耳曼男人一样，是世界上最优等的男人！我们的男根，就像双手端起的钢枪上的刺刀！当我们的男根捅向女人的时候，就是感受刺死敌人最痛快淋漓的时候！当我们的勇士即将冲锋陷阵之时，当我们的勇士杀敌凯旋之刻，我们勇士的腹下如果没有美丽妖媚的女人，也听不到女人娇柔甜美的呻吟，那是奇耻大辱！是天大的笑话！我们轴心帝国的伟大导师希特勒在即将开辟欧洲战场，发起大战之时，号召他的将士为帝国而战，也为女人而战！记住这个口号，我们将获得巨大的力量和勇气！我们的天皇，我们的军事统帅部，效法我们的德国导师，为补偿我们杀敌付出的鲜血和生命，为鼓励我们杀敌的勇气，专门设立了慰安妇制度！并已从帝国本土、从朝鲜、从已被我们占领的中国广大地区征集了数以万计的、貌若天仙的慰安妇。她们的肌肤，白得像富士山上的白雪一样闪光！她们的肉体，像日本海湾的柔水一样滑润！她们的笑脸，像日本樱花一样灿烂！我们将从其中挑选更加美丽、更加柔顺的花姑娘作为最高奖赏，赏给我们勇士中杀敌最多、杀敌最狠、最具威慑力的军人享用……

"伟大的帝国军人们！勇士们！为了异国等待我们踏上并夺取的土地，为了为我们大和民族勇武的男人而生、正袒胸敞户迎候我们的女人，向着南京，"松井说到这里，拔出长长的军刀，向前挥指而去，同时歇斯底里地吼道：

"前进！前进！前进！"

松井石根动员话音刚落，整个山坡、小丘、地面上山呼海啸般响起一片吼声：

"前进！前进！前进！"

大佐转身对我说："总攻开始了，川美，随我先回营地去。"大佐正说着，仿佛总攻前就策划好的，乌云蔽日般的飞机由东向西轰鸣着从头顶越过，向南京方向飞去。无数大炮发射的炮弹，就像漫天的流星雨一样向南京方向倾泻而去。所有装甲车、坦克、装着弹药的卡车也一齐轰轰隆隆向前开动。而满山遍野端着刺刀上挂有小太阳旗的长枪的兵士随着装甲车和坦克，像山崩地裂涌流而出的泥石流一样向着南京，排山倒海，汹涌而去……

22 从"水扬"到"初夜"

　　自开读奶奶的回忆记述以来，我的整个思维都纠结在一个先是日本女人，后是京都艺伎，再后来又如何成为中国西部农妇的命运轨迹上。直到今天中午，奶奶已由艺伎被骗成为慰安妇。这已使我心如刀绞，却无法泄愤。在下午开始阅读时，我咬牙切齿，准备强忍日本禽兽如何蹂躏奶奶，以至使我悲愤欲绝。但没想到，奶奶的记述，竟把我带入了那场史上绝无仅有的，由异族在中国南京一手造成的最血腥、最骇人听闻的大屠杀现场。从现在算起，距安埋奶奶仅剩三天，而奶奶最后如何成为中国大西北农村老妇还是扑朔迷离，毫无预兆。所以容不得我稍有他想。刚吃过晚饭，我便把屋里、院里一切说话声、洗麻将牌的哗啦声关在奶奶生前房子门外，拉上窗帘，取出奶奶所剩不多的回忆记录，开读起来。

　　中午两点多钟，大佐带我离开总攻动员现场，回到恶魔之窟的县城。大佐没有让我再回慰安所，而是留在了我开始以为的什么团部，实际是临时设立的战时后勤军需指挥所。大佐把我带到指挥所背后他的临时卧室，先让我脱下没有肩章帽徽的军服，又非让我穿上在日本时托会长赠予我的那件华贵和服，临走给我取出一本从日本带来的日本作家写的有关中日甲午战争的故事书，让我解闷儿，因为那书里能找到他曾参战的影子。大佐把书给我之后就去了指挥所。从12月10日，也就是当天下午四点直到两天之后的12月12日下午六点，充斥我耳膜的只有三种声音：一是头顶不断越空而过的飞机轰鸣；二是不远处（其实我真的不知道有多远）炮弹落地的爆炸声和夜静时从不同方向传来的厮杀声；三是隔壁指挥所里彻夜不止的、仿佛数人同时高声吵架的电话声。

入夜之后，没了太阳的参照，而且中国南京和日本京都时差多少我毫不知晓，加之连推时不准的月亮也被西风吹来的滚滚战火硝烟吞噬了。于是，太阳刚落山，大地便陷入漆黑的、漫无尽头的长夜。大佐一直在他的指挥室，派人送来的一盏马灯里也摇曳着惶惑不安的灯焰。前院里有一台小小的发电机，我想，指挥室大概就是靠它用电的。不知到了什么时辰，远处的炮声暂息，夜空也不再有飞机飞过，这时，大佐进房子里来了。

"秀子姑娘，"大佐进门先看我一眼，回头关门时说，"怎么还没睡？"

我没应声。我感觉自己的心和全身的肌肤都被无数道钢丝自我箍紧了。一瞬间，我真的就是一只被铁夹夹住双腿的小鼠，没法逃脱，也无处躲藏了。我浑身战栗着龟缩成一团。而大佐对我这种状态不知是故意装作视而不见，还是有意反打正着，让我放松。他一边像结婚已久的丈夫那样脱下军装，挂上衣架，又走过去捻亮灯焰，一边向床前走着说："秀子姑娘，你们这些人体会不到啊！我一生的感觉就是，最紧张、最焦虑、最累人的活儿莫过于打仗了！就此而言，我是最羡慕你们这些身怀才艺的女孩了！"大佐说着，走到床前，似乎有意看我一眼，忽而装出吃惊的样子说："秀子姑娘，还这么紧张吗？还有什么因素让你这么紧张吗？是我的言语，或者什么作为让你这么紧张吗？我一天一夜下来，几乎崩溃，想回房子放松一下，你这样好吗？"

我真的无言以对。

大佐接着说："秀子姑娘，睁开眼，放松一点行吗？不然，你要我出房间吗？"

我不知如何回应，心仍紧揪着。但是我不得不回过脸看大佐一眼，那眼神是一个小女孩看一个手持砍刀要先强暴后杀她的人时的眼神。看到这样的眼神，大佐似乎不理解，然后脱掉刚已换上的分趾拖鞋，一边慢条斯理地在床边坐下，一边说：

"好了好了，放松下来，看你这样，像见了陌生人一般。这让我大惑不解。好吧，我们先不谈你我，军人们拼死厮杀多日，我也整日整夜忙活，你即使不闻不问，我主动来聊几句，你，总不会埋头捂耳，闭目塞听，置之不理吧？嗯？"

我没理由不松弛下来，脸上的神情也缓和了许多，并以这样的神态看了大佐一眼。

"这不就好了吗？"大佐说着，轻轻地上了床，半躺半坐靠在床上，然后把我身上的被子拉过去一角盖在他的肚子上。接下来说，"川美，知道吗？这是我第二次到中国来，两次相隔四十多年，第一次在黄海，是水上；这次在华中，是陆上。可是，两次都是打仗，上次只丢了一只右耳，这次呢？不会是一条命吧？我感到很难说了。上次，我们仿佛是用一支破旧的鱼叉扎死水里一条带伤的病鱼。尽管那鱼拼死挣扎抵抗，但最终还是被扎死，被我们吃掉了。这次呢？松井石根司令说，根据双方军力对比，十个小时拿下南京，可是呢，二十多个小时过去了，还是没有拿下来，我们遭到了顽强的抵抗。我们说中国人是东亚病夫。现在看来，中国男人搞女人，或许是东亚病夫，可是打起仗来，那真是玩儿命。"

我莫名其妙地想和大佐那样半躺半坐起来。大佐一边说："不用起来，躺着吧，躺着吧。"一边用右手按我不要坐起，不知有意无意由轻而重地按在了我的乳房上。于是我又躺下来。可是大佐的手再没有抬开来。接下来大佐继续说：

"听我们最前沿阵地上下来的指挥官说，这些支那兵知道我们一个俘虏不留，把命都豁上了。在南京有个光华门，就是距我们现在住的这儿最近的一座城门。我们近千人在攻城，上面的飞机在炸，下面的大炮在轰，我们的勇士密密麻麻像无数的巨型壁虎在往上攻。中国兵眼看守不住了，竟有七八十个官兵，每人抱一捆拉响的手榴弹，从城头跳下来，落在我们蜂窝一样的兵群里，与我军同归于尽了，造成我军差不多几个连的兵力一次就完了。还有在紫金山，因我军飞机的扫射和轰炸，漫山遍野都是中国兵的尸体，鲜血染红了山坡上的枯草、树木和沙石。我军战士像潮水一样向山顶高地蜂拥。在一面坡上，我军看见有数十名手无枪弹的中国兵迎面跪在那里，像要投降。我军指挥员下令："冲啊！"数百名战士端着枪，齐声喊杀地向上冲锋，立即就要冲上高地，结果那排跪着的中国兵突然抱起面前引燃的像一块块大石样的炸药包，一齐如山体滑坡时的滚石那样翻滚而下。滚到我军兵群里，连声爆炸，炸得双方战士尸骨粉碎，血肉横飞。还有更不要命的，在中华门外的雨花台，经一天一夜交火，那里早已尸堆如山，血流成河。我军成排成连的士兵跟在坦克和装甲车后面向前运动。行至雨花台北城墙以南，见一个中国单兵坐在一堆尸体上。那士兵被炸没了双腿，从下腹流出的肝花肠肚像死蛇、蟾蜍样绕一圈儿堆在那名中国兵身子周围。那名中国兵把半截身子面朝我军坐在一堆尸体上，瞪着恐怖而仇恨的双眼。我军战士以为那完全就是一具死不瞑目的半截尸体。我军的装甲车和士兵正要从那一大片尸体上碾轧而过，突然像开矿炸山一样，"轰隆隆"几声巨响，竟是那个半截身子的中国兵拉响了坐在身下的数捆手榴弹。我军装甲车被炸成碎片，我军数十名官兵的尸体被抛向空中，血水四射，骨肉碎块像风卷落叶般撒得百米以内遍地都是。看那情景，真让人魂飞胆散……"

大佐的讲述使我对他的人身恐惧稍有转移，只顾听，没吭声。大佐忽而意识到了，就转过脸问我："秀子姑娘，你在听着吗？怎么没有丝毫反应？我说的吓着你了吗？哎呀，你看我，真是中国谚语说的：三句话离不了本行。一生为伍，一说起打仗，就不知结尾。好了好了，这话题太沉重，咱们换个话题。你我在日本本土相识，今日在异国他乡这样的环境里，就只两人在一起，是缘分？还是命运撮合？你说说看。"

我依旧无言以对。我说什么呢？此时此地此环境，我身孤神惧，陷入绝境，好比一只双腿折断无法跑动的小鹿，遍体流血地躺在沙滩上。而面前卧着一只凶残的、体大如牛的豹子。它瞪着贪婪的目光盯着我，馋涎欲滴地对我龇着牙，张着血盆大口。但它不立即下口，而是用它的一只前爪拨弄着我，伸出长舌温和地舔着我身上的血。我能怎么样呢？我浑身微微颤抖，摇着头。这摇头中，包含着多种说不清的含义。

"还是不想说话?"大佐说,看得出,已完全耐不住性了。因为他一边问我话,一边用早就按在我胸脯上的那只手开始揉摸我的双乳。他以为我身体的战栗是激动的表现,于是说,"以我武田雄二大佐看,其实我已远不是大佐了。这既是缘分,又是命运撮合。想想看,早先还在国内,田中遇荣会长要做你旦那你不同意,我欲买你水扬你也婉言拒绝,我想那是你为谋取更大前程所致。可是发生了战争。我先到了中国,因为军事总部设立了慰安妇制度,国内取缔了艺伎业,你不但也来到中国,而且,因了我的军需管辖,你竟来到我的身边。秀子姑娘,你说这不是缘分和命运撮合是什么?人啊,不能太任性,得服从命运安排。在国内,按年龄,你是艺伎,早该卖了水扬;你不是艺伎,也早该嫁人。因军方慰安妇制度,我武田尽最大努力,也只能争取你和其他慰安妇相区别,但终究要做慰安妇的。你在长崎码头船里的事,我问过了石原史太郎。他说,那士官喊冤,说他施暴未遂,还丢掉了一只右耳。我们为什么总是要丢掉右耳?我武田是年龄大了,相貌也显丑陋,但我一直喜欢你,也为你操心费神不少,你真要这样继续绝情任性下去吗?你未来到底要打算怎样?能怎么样?说说看。"

我能怎么样呢?我一动不动地流着泪,死人一样,任人宰割了。

我没有回答。武田拿开揉捏我乳房的手，坐起来，先脱掉他身上的衣服，又回头坐在我的身边，抹脱我的上下内衣，揭开被子，猛兽一样扑趴在我的身上。我感到一阵钻心的疼痛，皮肤像被撕揪，我像一口钟，一下又一下受到巨木击钟样猛烈的撞击。在长崎码头的货舱里，中尉石原史太郎说我们是一批战略物资，而不是人。此刻，当武田雄二大佐像蹲虎一样趴在我身上时，才真的不是人了。他是一只老而凶残的猛兽，他一下又一下向前机械地运动着，没有了言语，没有了和我说话时一丝一毫的人情和人性，有的只是猛兽一样一声隔一声的狮吼和老牛一样一声隔一声的喘息。他右耳那点蚕豆大的耳垂上下抽搐抖动着。川岛善美说这是大佐生气时的表现，可大佐这会儿没生气，他闭着眼，咬紧牙关，在发泄他的兽欲。我想，大概是因了他的咬牙导致他的小耳垂抽搐抖动吧。尽管我已似麻木，但依然难以忍受肉体的疼痛和精神的痛苦。为了转移神志，我想起了京都故乡，不敢思念妈妈、爸爸和弟弟；但不由自主想起了骗子川岛善美姐姐；想起了那个田中遇荣会长客厅里"美女坐大炮"的油画，因之就想起了面白心黑的田中遇荣会长；想起我当艺伎学徒时的刻苦用功和如今的前功尽弃；苦读诗书时读过中国唐朝李白写日本的诗；想老家京都模仿唐长安城建筑，都以名叫"朱雀"的大街为正街。最后想到学编舞时读过的许多中国唐朝故事：一个名叫孙悟空的神猴大闹天宫，他在如来佛的手掌上见到一根通天大柱，他在大柱根下撒了泡尿。然后他一个筋斗十万八千里地要翻离佛掌。他翻了无数筋斗，以为早已离开佛掌。他按下云头落到地面，又闻到他的尿骚味，一看那通天大柱仍在，尿还未干，他还在佛掌之中。大佐在日本时要买我的水扬，我婉拒了，时隔半年，我和大佐分别跨越千山万水万里之程来到中国，此刻他却趴在我的身上大发兽欲。大佐说，是命运撮合。我不知是个人命运？国家命运？还是国运挟持下的个人无路可逃无幸可免？此刻，大佐只管发泄他的兽欲，而我漫无边际地走思游想。不知多久，大佐突然"噢！"地绝叫一声，然后有三秒钟的凝神不动，再接着"嘿嘿，嘿嘿"地笑了两声，再接下来一边一连串地、一个字隔一个字地说着"好，好！秀子真好！嗯，真好……"一边穿上衣服，回头笑着看我一眼，出门去了。

我不吃不喝，哭了半天。

23 观"屠城"后之遭蹂躏

我不知道昨夜什么时辰结束了对奶奶回忆记述的阅读。我只知读到最后，我此前的一切忧思、痛苦、仇恨、悲愤，被一言难尽又无法言说的泪水浸泡成一片空白。我万分难受，又无从说起。

现在，也是最后，一切仍然只能集中到奶奶最终到底怎么到了中国西部乡间，怎么成了我的奶奶的话题上来。

奶奶接下来记述道：

> 武田雄二大佐丢下回头的一瞥一笑，离开房间走了。我成了一个心有无尽悲愤却无处诉说也无法诉说的囚犯。
>
> 我躺到太阳出来，头顶的天空恢复了飞机由东而西飞来持续不断的轰鸣，不远处又炮声隆隆，坦克和装甲车履带重新发出碾轧大地时令人惊胆战的震动。我起身揭开被子，身下和床上一片血迹。我的两眼因充泪而蒙眬。我身上的血迹和床上的血印化成光华门、紫金山、雨花台前两军厮杀、炮火轰炸时的血光肉影，四溅横飞……

从12月11日清晨到13日清晨，武田雄二大佐只在后半夜到房间来过两次，因为攻城战事吃紧，言语很少，就像每天必须上一次厕所排便一样，先是像猛兽和老牛一样，一声隔一声地狮吼和一声隔一声地喘息，最后"噢！"一声绝叫，停一下，说："好！噢！真好！"就出门去了。而在13日凌晨，兽欲发泄之后，从床上爬起，先是无声地赤着身子在房间走动，仿佛在想什么，约一分钟过后，又突然站住，冲着我说：

　　"川美，秀子姑娘，我是一名军人，终生为伍，但是，我绝非战争狂人，也不是一台战争机器，我有七情六欲。连着三天三次和你相处，和你做爱，如痴如醉，神魂颠迷，一瞬间想，没有战争多好！不到中国来多好！那样，我会找一方仙境，寻一处世外桃源，终日和你厮守。可是，那现实吗？我们至高无上的天皇每时每刻都在等待我们在中国前线的消息，每时每刻盯着地图，希望帝国军人脚下的土地不断扩大延伸，恨不得半天之内我们的太阳旗插遍南京城城头，为此，就在离我们做爱的不远处，帝国军人正在与敌人厮杀，我们的军人正在流血，一个接一个在阵地前倒下，而我们……川美姑娘、秀子，够了，该是你我为天皇效忠，为帝国献身的时候了。到杀敌现场去吧，不能在这里躺着了。到前线去看我们的军人怎样杀死敌人，消灭敌人，我们要把中国人斩草除根、斩尽杀绝，一个不留！留下一个，死灰复燃，最后都是我们帝国的隐患！上午我仍在指挥室，我的副官会开着军车，带着你，到前线去。刚才我来屋子前，刚得到战讯，凌晨3点，第六师师团长谷寿夫将军已首先带人攻入中华门内。紫金山、光华门、挹江门，各路均正在突破……"

上午太阳出来的时候，大佐和两天前坐在副驾驶位的小军官到房间来。大佐又让我换上没有领章、帽徽的军服，带上他在日本时送的和服，说："上午我在指挥室，让少尉、我的副官冢田晋右带你到战场前沿去看看。南京已被我军占领了，暂时没有战斗可看了，不过倒更安全了。你现在要去看的，是我们的战士如何消灭残余的中国兵，彻底干净地消灭俘虏和所有不愿服从帝国的中国人。你要好好地为我们的勇士服务。好，走吧。"大佐和我说完，又仿佛要向冢田晋右交代什么似的耳语半会儿，冢田晋右心领神会地点着头。

冢田晋右带我出了房子，我回头想在我的心里刻下大佐这张禽兽的面孔，尽管他那蚕豆大的小耳垂令我永生难忘，但我在大佐脸上看到的，却又仿佛是他送自己亲人上断头台时的神情。

一张禽兽脸上流出的魔鬼眼泪。

冢田晋右带我到了前院，武田大佐派了辆军用三轮摩托。冢田晋右坐在司机身后的车斗里，而让我单独坐在边车的车斗里。武田大佐没出来，刚才那是我和他见的最后一面，一张永远难以消失的魔影。

出了县城，一路向西，大约行驶了近一个小时，摆在路上和两边田野里的死尸渐渐多了起来，不少处已经横七竖八地成片成堆了。血如暴雨后的泥水从死尸和尸堆的空隙中淌出来，大片大片地凝结成暗紫色，像铺路的沥青样糊满了道路和路两边的土地及荒草。摩托经过一条叫秦淮的大河。河里也堆满了死尸，堵塞了流水，于是血溶于水，从死尸堆里泛滥出来，将大路和路两边的土地染成一片紫黑。很多路段上扭七裂八地摆着军衣褴褛的尸体，使摩托不好通行，便直接从死尸上碾轧而过，坐在摩托车斗里被颠得东摇西晃，一不抓牢，便会颠到车斗外边。

我们沿河岸往北刚行驶了几分钟，离开河岸再往北就到了光华门。大佐说过，两天前这里是战斗最激烈的地方之一。摩托停下来，冢田晋右指着城头让我看。我看见在约一百米长的城头上，每一米的距离里就站着一名手臂被朝后反绑着的中国兵。而每个中国兵对面站着双手端着长枪的日本兵。枪头上都上了长长的刺刀，刺刀根儿上都挂着被中国兵血染得花花点点的日本旗，在这长长的一排日本兵身后，大约每隔十人就站着一名手举日本旗的指挥官。指挥官"吱——"的一声哨响，同时把小旗向下一挥，站在中国兵对面的日本兵便齐步上前，口里喊声"杀——"就用长枪上的刺刀向中国兵的肚子上刺去。长长一排中国兵的身子一齐向后一仰，就从城头上栽到身后的城墙下。一些中国兵胸口或肚子喷着血，残缺的城墙一道一溜地都给染红了。这一排倒在城墙下，又一排中国兵被押上来。这时，冢田晋右就说了两天前那天夜里武田大佐说的话：我军几次攻克光华门，都被他们打退了。最后一次我们近千名官兵攻城，中国兵守不住，竟有一百多人抱起引燃的炸药包，从城头上跳入我军兵群同归于尽，炸得我军粉身碎骨，血肉横飞。今天我们这样刺死中国俘虏，让他们的死尸从城墙上栽下来，算是对两天前中国兵抱炸药跳城墙的报复。

冢田晋右说完回头看我，我则低下头，因为太惨不忍睹了。冢田说：大佐交代你必须看。更显我们日军威武和辉煌战果的景致还在后面呢！我不知大佐如此安排对我是激励，鼓动？还是恐吓，震慑？

接下来冢田晋右对司机说："往左前，去雨花台。"

车从城墙外向西南又开了约十分钟，一路仍是尸横遍野，血迹遍布。冢田晋右示意停车，我想刚才说的雨花台到了。那天夜里武田大佐说这里一个半截身子坐在尸堆上的中国兵拉响数捆手榴弹，炸碎装甲车，炸飞众多日本兵。我朝前不远处看去，看见不少中国老年农民劳工在端着长枪的日本兵监督下，把一具具躺在地面或靠在半截墙下冻得像干柴棍一样的死尸扔到卡车上运走。劳工稍有怠慢，叭一声枪响，抬尸体的劳工就被击毙而倒，日本兵又逼着其他中国劳工将刚击毙的半死不活的中国劳工和已死两天的死尸一起扔到车上去。

眼前的情景真的是惨不忍睹。我低头闭眼，想到武田大佐的安排对我有效地起到了威慑恐吓的作用。

"川美小姐，抬起头来朝前看！"坐在司机身后的冢田晋右提高嗓门说，那声音就像一把短枪的枪口正对着我的后脑勺。

我抬头朝稍远处看去，更使我疑惑、惊骇的情景出现了。我看见距车约三四十米的大道上，有一条像受伤的杂色巨龙一样的队伍在向前艰难地行进。队伍的头早已过了雨花台，而尾还没有出中华门。就我此刻看到的，有数千人。后来冢田晋右说，加上西南上过来的，有七千五百人。这些人都被用电线每四人一串地反绑着连结在一起。人人蓬头垢面，衣服破烂，浑身上下，染着血迹，不是跛着脚，便是伛偻了腰。有的只剩下一只胳膊也被捆扎起来。在长长的队伍两边，每隔十米，就有端了步枪、上了刺刀的日本兵，像看押服刑犯人一样监视行进。

我问冢田："这是干什么？"

冢田说："送他们去死！"

我又问："这些都是什么人？"

冢田说："中国人。多数是俘虏，也有老百姓。"

我问："为什么要杀这些人？"

冢田说："那天你不是也听了松井司令官动员讲话了吗？所有南京城里的人，都是我们占领南京后的祸根，务必消灭干净！"

冢田说着，又让车开到队伍跟前。冢田下了车，走过去和一个领队的军官嘀嘀咕咕地交头接耳说了几句，然后回到车上，给司机说："跟着队伍往左，去花神庙。"

摩托开到花神庙东南一面坡地上停下来。我向前看去，看见田野里有两个足球场大的土坑。土坑周围远远近近稀稀落落有几户农家，因为战火，房塌了，墙倒了，处处成为废墟。土坑有两米多深，看样子是稻田，因为割过的根茬留着残迹。坑的东面和南面，都被带刺的铁丝网封住了。我们的北面和西面是河岸一样的高埒，现在朝土坑里架着二十几挺机枪。两个土埒间的西北上有一个豁口，一条路从豁口伸进去，想来收获季节，农民就从这豁口下到田里去。这会儿，从西南方向和我们刚看到的从北面方向押送来的俘虏像两道河水一样正往一个小"湖"里流淌。每个俘虏经过豁口时，都有日本兵向他们身上浇上点汽油。现在，土坑里已站了约几千人，而豁口处的俘虏还像水一样慢慢往里流。我问冢田晋右："我们怎么能逮住中国这么多俘虏？"冢田说："中国人傻就傻在这里，有些已经弹尽粮绝，伤残累累，还死拼硬扛，最后连自杀的子弹都没有了。我们瓮中捉鳖地俘虏了他们；有些则更可笑，是兵不厌诈的结果。我们从飞机上撒纸条给他们，说只要不抵抗，投降，就可以受到我们日

144

军很好的待遇。你看，就是从西南上押过来那支中国俘虏，足足有三四个营的兵力，却举着高竿，挑着白旗，整夜地等着向我们缴械投降。你说他们岂不是活该死？"我说："人家都这样投降了，我们为什么还要杀了人家？"冢田吃惊道："哎呀川美姑娘，你说话怎么像中国人一样？或者完全像个外国记者？临行大佐怎么说来？为什么让你换上这一身军装？就是有人问，你就说是日本战地记者，不然像这样的场面，怎么能随便让一个女人来参观？我们杀死成千上万甚至几十万中国人，不能让世界其他国家知道呀！至于为什么杀死所有俘虏，已对你说过多遍，你不懂。现在给你讲个中国故事。传说中国元朝时蒙古人把汉人全部领土都占完了，但就是把汉人没有斩尽杀绝。这样一来，在元末时，为防止汉人造反杀死所有蒙古人，蒙古人又把汉人控制得十分严格，不能相互联系。一个名叫朱元璋的向军师刘伯温讨计策。刘伯温出谋划策说，利用中秋节吃月饼的习俗，把农历八月十五晚上统一行动杀鞑子（鞑子就是蒙古人）的约定写在纸条上夹在月饼里相互赠送。因为是节日，蒙古人没警惕。就在中秋节晚上，汉人邀蒙古人到家里一起喝酒吃月饼赏月亮。汉人把蒙古人灌醉后杀了，一家杀一个，一晚上把蒙古人全杀完了。你想想，我们现在占领了南京，要不把中国人杀净杀光，将来某天，说不定出什么鬼主意，把我们日本人杀光杀净呢！"我说："我看，说到底，最后的结局，还是因为蒙古人先占了人家的土地，杀了人家的百姓才发生的。要是开始不占人家土地，不杀人家百姓，哪会有后边的事呢?"冢田晋右听我这么说，更加吃惊道:"呀! 川美姑娘，我看咱们把中国人俘虏了，好像人家中国人把你的思想俘虏了。你的话要让天皇知道了，得先把你杀了。"我说:"我讲的是实情。你不了解我在日本国内的情况。实际上现在天皇和日本军方已经把我杀死几回了。"

说话间，大坑里已拥满了中国俘虏。一个指挥官令数十名端着长枪的日本兵下到坑里。指挥官高声喊叫，让俘虏往一块儿集中，而士兵们像拢柴火堆儿似的把俘虏面朝东南往大坑中间驱赶。待近万名俘虏人挤人地聚拢在大坑中间后，又撤离大坑，回到坡顶上。这时，指挥官右手从腰间拔出军刀，左手掏出手枪，歇斯底里地吼叫道:

"中国人! 俘虏们! 感谢你们用投降赠予我们城市与土地。现在，谷寿夫将军命令:你们都去死!"

指挥官吼着，把军刀往大坑俘虏堆里一挥，左手同时向俘虏堆里开了一枪。听到指挥官吼叫和一声枪响，北、西两面二十多挺机枪同时向俘虏堆里"哒哒哒"地开火扫射。枪声震耳欲聋，子弹如暴雨点般向坑里人堆扫射，偌大人堆顷刻燃起一片大火。面朝东南的俘虏像被同时砍倒的树木一样向前倾倒。整个大坑，拥挤在一起的近万名俘虏像一大片被烈火点燃的密林在熊熊地燃烧着，两边密集的火力像一股暴风一样向大坑里卷刮而去。大坑里烈焰腾空，俘虏们在烈火中惨叫着，在烈焰中痉挛着，挣扎着，扭曲着，歪倒着。十多分钟过去，大火仍在继续燃烧，火焰中被烧得黑炭样的死尸躺倒在地不动了。于是，二十多挺机枪被站起的射手抱起，冲天直射。而所有坡上的士兵都掏出象征占领的日本军旗——旭日旗，欢呼着，挥舞着。接下来，一部分士兵继续挥旗欢呼，大部分就一边蹦跳狂舞，一边唱起日本军歌。以至歌声渐渐压倒坑中烈火的吱喽声、呼呼声，最后感染得车内的司机和冢田晋右也拍着手、摇着身子，随声附和地唱起了军歌。这时我呢，完全地哑了，头上如五雷轰顶，双目一片大火燃尽的黑暗，全身像烈焰中的俘虏一样抽搐、痉挛、扭曲。最后朝后一靠，昏然死去。

不知过了多久，大火燃尽，歌声、欢呼声停息。冢田扭回头，见我昏死过去，连声呼叫："川美！川美！"见我不醒，又伸过手来一边摇我，一边继续呼叫。我这才慢慢睁开眼来。冢田冲我大声说：

"川美！怎么了？吓着你了？怕什么？这就叫战争！战争就这样残酷，就这样你死我活！但是，你看到的，也就正是胜利！就是占领后的欢腾鼓舞！对于从艺的女人而言，或许恐怖了点。好吧，离开这里，我带你到城里去。在那里，或许能看到一些好玩的场景呢！"

三轮摩托又开过雨花台，转向正北，轧过城外秦淮河上的破桥，穿越已被轰塌的中华门，开进了市内街道。这时我惊呆了。此前我在任何电影里、画报里、书籍的介绍里，直到画家的绘画里，从来没有见过如此破败不堪，无法忍睹的凄惨景象。到处都是残垣断壁。整个大街看不见一座较完整的房子，看见的只有千疮百孔、歪斜倾倒的短墙和破砖、烂瓦、水泥块以及数不清的死尸混杂一起堆成小丘。远远近近，四处还在冒着大火未尽的浓烟。街面上到处都横七竖八地摆着衣着破烂的死尸。有些死尸上的破衣烂袄也在一丝一缕地冒着青烟，致使空气中飘散着焦煳的、令人作呕的恶臭。成群的野狗闻臭而至，四散开来，围着这儿那儿的尸体，仿佛在荒野废墟里一样旁若无人、慢条斯理地撕扯着，啃咬着，吞噬着。街上看不见一个行人，偶尔有人或小孩刚出某条巷口，走不到三步，不知从哪儿传来"砰"的一声枪响，当即就一声不吱地倒地毙命了。几条狗立即奔上去，大概因为这肉它们看见是新鲜的。

　　此时在我眼中的中国南京，完全是一座破败不堪、惨不忍睹，到处弥漫着死亡和恐怖气息的废墟。

　　摩托开进中华门约十分钟，过了一个名叫汉中路与中山路交会的十字路口，停了下来。看着头顶的太阳，已是中午过后。冢田晋右一边从我身后递过一小包饼干让我吃，一边说："我们左前方是中国的金陵大学、女子文理学院，美国和我们日本帝国的大使馆。我们轴心国盟友德国，有一个可恶的、该死的商人名叫约翰·拉贝，他还是德国纳粹党南京的负责人，可是狗逮老鼠多管闲事地联合其他国家在这里成立了什么安全区。窝藏了成千上万的中国妇女、儿童、工人和农民，甚至还有军人……"

冢田晋右正说着，我就看见从安全区东门里由日军士兵押解着的中国俘虏走出来，和上午看见的一样，也是四个一排地用绳子拴在一起。大约过了二十多分钟，这支约有一千多俘虏的队伍才离开大门，沿着伸向东北偏北方向的大街走去。我问冢田："这又怎么回事？"冢田说："这是我军从安全区搜查出的中国士兵。"我又问："押着他们去哪儿？"冢田说："去他们该死的地方。"我脑海里立即闪现出上午屠杀、焚烧中国俘虏的惨况，不再问押他们去干什么。

俘虏队伍刚在街口消失，又从一条小巷走出一列由八名日本兵组成的巡逻小分队。小分队走到街口场地开阔处，领头的一名日本兵仿佛看见了什么，让队伍解散分散开来坐在石头上或倒塌的砖墙上。领头的日本兵从衣袋里掏出一只馒头，朝着一条小巷道，像耍杂技一样用右手将馒头抛向空中，落下后又用左手接住。领头兵这样玩了几次，我就看见有六七个约五六岁的小孩出现在小巷巷口朝这边看。用馒头耍杂技的日本兵比划着，把馒头放在嘴边，张嘴去吃，并示意小孩们过来，有馒头给他们吃。小孩们过来了，七名小孩中有两名女孩。他们走到拿馒头的日本兵跟前，领头兵示意他们站成一排，然后又让其他七名日本兵站起来，和小孩们面对面一对一地也站成一排，并让他们每人从自己口袋掏出一个馒头，插在刺刀尖上，然后端起枪，对着每个小孩，并用日语交代了什么，最后，令我吃惊的是，这个领头兵竟会说简单的中国话。他刚"哎——"地说了一个字，我看见刚才小孩们出现的巷口出现了一名中国女人，女人弯下腰，双手拍着大腿，好让小孩们听见后回巷子里去。可是小孩们哪儿听得见！那女人双手合拢在嘴上掏成喇叭，正要喊"哎——"，突然"砰!"一声枪响，就倒地了。由于日军攻城以来，每天枪声不绝于耳，所以身后枪响女人倒地并未引起小孩们的注意。这时领头的日本兵就猫下腰，冲着小孩们拍着手，用中文大声说："一二三，三四五，小朋友，往前走，一人一个大馒头!"小孩们听了就往前走，当他们伸手正要从刺刀尖儿上拿下馒头时，领头兵又用日语喊声："刺!"七名士兵就同时用力把刺刀向对面的小孩刺去，接着又用枪挑起小孩，向同一个方向使劲扔去。小孩们有的惨叫一声落地即死，有的落地未死，妈呀妈呀地惨叫着在地上滚动。这时，八名日本兵一齐欢呼鼓掌，同时一起用步量，看哪个同伙把孩子扔得最远。这时，我就看见一群在不远处正啃其他尸体的野狗放下陈尸，一齐向躺在地上的小孩们奔去……

看到如此情景，我的双眼像被剜掉，我的头顶好像受到重击，像有颗子弹射入脑际，就像被枪决的人一样垂下头来。手里的饼干撒落一地。冢田晋右见我这样，惊问："川美！川美！你怎么了？"我无应答。冢田又喊。我从遥远的地方拉回神志，无力地问："孩子们这样小，我们为什么也要这样残忍地杀死？"冢田说："呀，川美姑娘，上午你已看过两处场景，为什么心还未冷硬起来？我们的武士道精神对你怎么就刀枪不入？你还算有文化的人，怎么连'斩草除根'的道理都不懂？你想想，这些小孩长大，人家问起他们的父母，知道都死于我们的枪刀之下，那岂不死记下深仇大恨？而且在中国，最刻骨的仇恨，莫过于杀其父，淫其母了！你明白了吗？"

完全的强盗逻辑！吸血鬼的辩辞！食人恶魔的论调！

冢田晋右见我不堪教化，难以驯服，就不再费口舌，改用血淋淋、让人惨不忍睹的场景来摧毁我的意志，麻痹我的意识，制服我的任性，让我变成任其宰割的羔羊。

冢田命令司机把摩托直接开至南京西北方向的挹江门外。从下午三点到傍晚八点多钟，冢田带我由西北挹江门到东北的幕府山，走了一条弧形地带。我的总体感觉是，这是日军用人类活体举办的一次史上空前绝后，最惨无人道、最诡异奇谲的大屠杀展览。比起中国神话故事中的十八层地狱和但丁笔下的地狱还要令人观之毛骨悚然、不寒而栗得多！

我们出了挹江门往右，我看到的第一个场景就是活埋人。我们日本兵先强迫一组中国俘虏挖一排墓坑，逼第二组俘虏活埋第一组，稍有不从，就当场开枪击毙或一刀一刀捅死坑里。然后逼第二组为自己掘坑，第三组又活埋第二组，依此类推。后嫌此种活埋太单调，不刺激，就故意只把受害者埋到胸部或脖子处，然后日本兵用刀把他们劈成碎块，或用马踩踏，或用三轮摩托碾轧，或放出数只德国犬把俘虏的头活活地撕成碎片，然后吞咬吃掉。而每在刀劈、马踩、车轧、狗咬，俘虏惨叫时，日本兵便在一旁鼓掌欢笑。而我则双目发黑，心里发怵，浑身战栗，不忍目睹。可是立即又想起妈妈在我小时候说过的，善有善报，恶有恶报，不是不报，时候未到。我想，我们如此惨无人道，丧失人性，终究会遭报应。现在，我不能视而不见。我得凭着良知，以光天化日之下的南京为背景，眼为镜头，心为底片，如实记下这一切。如若不死，我发誓把它讲给日本（那时我做梦也没想到最后竟留在被屠杀的中国）后代，以赎天罪。

摩托往北再开，我看到的第二个场景是火烧活人。我们日本兵把我上午看到的、从安全区搜捕出的一千多名俘虏赶上两座五层楼的顶层，然后用小炸药包炸掉楼梯。逼中国苦力在楼下堆起柴火，浇上汽油。同时在楼外栽了十多个木桩，再把中国俘虏每四人一组围着木桩用电线捆住，脚下也泼上汽油。最后又在两名中国俘虏身上浇上汽油，逼他们先点燃楼下柴火，再出来点燃捆在木桩上俘虏脚下的汽油，同时也引燃了自身。楼里楼外，一片火海。让绑在木桩上的俘虏在脚下火焰升腾之中，忍看楼上俘虏同伴一个个全身着火，从楼顶或窗户跳下摔死；看点燃楼下柴火和他们身下汽油的两名俘虏如何惨叫着在地上滚来滚去地抽搐着死去。而这时候，日本兵就欢呼跳跃，拿出旭日旗挥舞，一起唱起日本军歌……

　　摩托继续往北，到了一个叫下关的地方，我看到的第三个场景是刀劈断肢。日本兵把中国俘虏跪或坐着用电线或铁丝绑在一些伐过树木的短桩上、砖堆上、大水泥块上或仰面绑在一些圆木上以及一些斜倒在地的石壁上。然后一组六名日本兵轮番上前，挥刀砍下中国俘虏的头。再一组上去，同时砍掉另一些中国俘虏的四肢，或从他们身上割下一块一块的肉，或用刺刀挑出他们的肠肚，让他们惨叫，让他们哭，浑身痉挛、抽搐。接着再把另一组俘虏绑上去，又一些日本兵过去，用手里的刺刀挖掉俘虏们的眼睛，或削掉他们的鼻子，或割掉他们的耳朵。另有数十名中国俘虏和男女老百姓被剥光衣服，绑在树上和古式房屋的廊柱上、门板上，由几名日军小队长教士兵们在活体上练刺杀，一刀一刀让他们惨叫着疼死。还有些男俘虏和百姓被脱光裤子吊在离地一米的空中，双脚上拴上石块，把两腿分开，然后日本兵上去，用匕首割下他们的生殖器，举在身前向其他日军展示，说吃上一根男性生殖器，第二天就可以一口气强奸十名中国花姑娘。说完就满嘴满手流血地生吞着，疯咬狂啃地吃了，咽了。被割生殖器的中国男子们惨叫起来，日本兵"砰"的一声枪响，惨叫的男子头一歪一垂不叫了。接下来其他日本兵如样效仿，一拥而上，乱狗争尸样拉过其他被俘的中国男人，脱掉裤子吊上去，现割现咬现吃。有些吃不及，用袋子抢装了，要拿回营地分给同伙享用。

我眼里这真是一群畜牲！一群野兽！一群恶魔！

我问自己眼睛：这还是人吗？在长崎码头的船舱里，押送我们到中国来的石原史太郎说我们是战略军用物资，而不是人。现在看来，谁是人，谁不是人，岂不昭然若揭，大白于天下了？！

我的眼睛被恐怖的泪水蒙黑了。

我们往北再拐一个弯，冢田晋右说，这儿是南京中山码头。这儿正在进行一场惨绝人寰，令人发怵的杀人比赛，就是看谁在同样时间内杀人最快最多。场地上挖着一排排坑，坑前分东西两片跪着手被反绑着的中国男女，两边架着机枪，随时准备射击要逃跑的人。而日本兵每次八人、每两人一组地分成四组。每组里由一个士兵手持大刀，只管砍头。另一个士兵只管低头猫腰把砍下来的人头捡起来扔在一堆。另有四人站在四堆人头堆前，"一、二、三、四……"地快速报数。在相同时间内，哪组堆起的人头数最多，即为冠军。然后冠军组每人手里提着一颗还正在滴滴答答往下流血的人头，站在本组砍下的人头堆前合影留念。这一轮完了，又八人上来，再分组，再砍，再扔，再数，再提了人头站在插了军旗的人头堆前合影留念。当天晚上，据冢田晋右说，这一天下来，共砍下了三千多颗人头，堆成小山一样的四堆，单用卡车拉了八车，倒在长江之中，整个江面都浸染红了，长江里流的不再是水，而是血。冢田说，当天共决出十组四十名冠军。最后由杀人比赛的总指挥近卫一磨少佐宣布：决定从慰安妇中挑选出十名最美最年轻的超级花姑娘，专供冠军连续享用！

我们在杀人比赛现场停了约二十分钟，我看见人头堆越来越大，越来越高，血水如注地从人头堆里流淌出来，又像暴雨之后的泥水一样与从无头死尸下流淌出的血水汇聚一起，使整个杀人比赛现场真的成了尸堆如山，血聚成湖。在午后四点多钟的斜阳照射下，映得这里的天空都红了。我见此状，顿时恐惧得恶心呕吐。冢田晋右不得不让司机把车开离比赛现场。

　　我们的摩托又向东北方向开去，到了一个长江岸边叫宝塔桥的地方停了下来。冢田晋右扶我下来，并打开他随身携带的军用水壶让我漱口喝水，让司机收拾清理我在车上的呕物。这时候，无论冢田晋右还是司机，都成了我的随从服务人员，眼看天色将晚，我不知道今晚夜宿何处？接下来如何安排？

　　我们在这里大约停了一小时多，又向前开了约十多分钟，来到我后来才知道叫幕府山的山坡下。冢田让我下了摩托，让司机待在车上，而他带着我沿一条小山路往上爬。我问冢田要干什么？是不是把我带到山上处理掉？冢田说，带你到山上观景。我没权力处理你。武田大佐交代我为你服务，对你有重要安排。你只管听我如何行动就是。我回头一看，西边的太阳早已落山，俯瞰市内，还有数处燃烧着大火，烈焰腾空，一片红光照射着偌大的城市废墟。我问，天已经黑了，你要我看城里像森林大火一样的景象吗？不，冢田说，你回头往北边的山底下看。我回头看山下北边，在远处的火光映照下，半公里处是茫茫的血色江水。冢田说，那就是中国的长江。我再看，见长江与山下约半公里宽、东西不知有多长，野地里、弯路上、水塘边，像黑色的水流一样运动着人流。我问：那是部队吗？我们已占领了城市，还要包围城市吗？冢田说：不，那是被解除了武装的中国俘虏。我又问：俘虏？有这么多俘虏吗？冢田说：这是我们攻打南京以来抓到的最多的一次。指挥部说，有五万七千多俘虏。为了绑住他们，从昨晚一直干到今天下午，单用的绳子、铁丝、电线就拉了近十辆卡车。我问：现在要让他们到哪里去？做什么？冢田说：指挥部让看押他们的军人告诉他们，要把他们用船渡江运到江中间的八卦洲，实际是一座江中孤岛。可是，川美小姐你想，哪儿有那么多船？一会儿就有好景看了。现在，我们的机关枪从西头岸边，到我们脚下山坡底下，再到东头长江岸边，已形成一个半圆形包围圈，北边就是浩荡江水。一会儿，就要把他们包成一个中国天大的水饺呢！

　　冢田话音未落，我突然看见像节日烟花焰火一样的很明亮的东西射向高空，照亮了约半平方公里内地面上一片片、一堆堆、一排排黑压压的像夏日粪池中蛹虫一样蠕动着或静止着的人影。我知道半空里那闪亮的东西是讯号弹，接着三面数百挺机枪同时向中间开火，密集的火力在夜空交织成红色的光网。海啸一般的机枪声和绝望的惨叫声在半平方公里区域里惊天动地吼成一片。人成片地倒下或像海涛一样向江岸涌动。可是无论是刚刚跳进江水中还是刚刚拥至岸边的人，都像暴发的山洪裹卷中的树木、石块、杂物、死猪、死牛一样一齐都拥堆在江岸和堤外，没有一个人能躲过密如流火一样的扫射。这种地毯式的密集扫射持续了约半个小时，惨叫声渐息以至静止，机枪的扫射声也随之停了。这时，又一颗照明弹在空中亮起，目的是看哪里还有俘虏群涌动。结果我看到的是在约半平方公里的江岸、地面和池塘里一堆堆、一片片、少有空处地摆满了尸体。这一片土地、江水、水塘没有一寸土地和水面还是青色、绿色、土黄色，全如血海一般被染红了。这时候，步兵出动了，他们用刺刀一个一个地刺戳尸体，看有没有还活着的。若有，就用刺刀连戳，直至不动。

结果，一个活的没有！

五万七千名已经手无寸铁的中国人啊！这是冢田半小时前刚说过的。

后听人说，日本军方为清理尸体，整整花了半个多月时间。烧了的，埋了的，扔进长江的把流动的江水几乎都堵塞了。在往后四十多天的大屠杀日子里，万里长江流的不再是清水，而是她的主人——中国人的血！

我不是中国人。可是眼前触目惊心的一幕幕永远烙在一个日本女人的心图上，也刻在历史的铜版上！日本可以毁掉铜版，却抹不掉我心图上的痕！

除非日本像杀中国人那样把我杀了！

我两眼突然再次发黑，两腿发软，几乎像中弹一样栽倒。冢田扶住我说：

"川美姑娘，我知道了你为什么会这样。看

来，战争是坚强不了你的心。回国后，你得好好学学我们日本男人的武士道精神了！"

"你最好把我杀了！"我说，"让我的血和中国人的血流在一起。你们说我是叛国者也好，说我是什么都行。"

"你怎么能说出这样的话来？你想到没想到你的妈妈在日本？你的爸爸在长崎？你的弟弟在京都？再说，我岂敢杀你！在这天黑无人的中国山丘上，我甚至连拥抱你一下都不可。因为临行前，武田大佐，现在实际已不是大佐，而是将军了。他给我交代了，今晚对你有重要安排。今天带你观看大日本帝国军人如何征服中国人，就是为此做心理准备！"

"什么安排？"我惊疑地问道。

冢田说："别个日本女人求之不得的安排。"

冢田"护"我下了山，坐上三轮摩托。直接开回城南郊区一座院前。院门院墙多半已毁于炮火。院里一座平房已倒塌。一座五层楼的一角已垮掉。我不知道此时是什么时间，楼上还有好些窗户亮着红眼病人一样的亮光。从窗户里还传出至少有两部电话在通话。冢田说："这是第六师团的司令部，武田大佐的好友、第六师团司令官谷寿夫将军就在里面。"我问："我来这里干什么？"冢田说："见面后你自然就知道了。"

冢田带我去了三楼一间大卧室。就我从院门到三层卧室的感觉，此宅在被日军占领之前肯定是中国政府一位重要官员的宅邸，因为南京本来就是中国的首都。到了三楼卧室门前，冢田喊声："报告！"许进之后，门开了。冢田先进去，向一位已换上棉睡衣的中年人（我猜想就是谷寿夫）敬了军礼。然后掏出一封信函递过去。谷寿夫接过信，打开来，最多十秒钟，脸上就绽出笑容，说：让进来吧。冢田走到门口说："进去吧。"我正犹豫，冢田就拉我走了进去。我低头站在谷寿夫对面。冢田说："川美秀子，这就是皇军第六师团长谷寿夫将军，天皇陛下和军事总部来电嘉奖将军为攻占中国首都南京立了首功！快跪下来鞠躬庆贺吧。"我没有动。谷寿夫走过来，伸出一手抬起我的下巴，看着我说："嗯，这就是京都艺伎川美秀子小姐吗？果真国色天香，绝代佳丽啊！"谷寿夫说着，又转向冢田："回去见了你们武田将军，谢谢他了！"冢田立正敬礼，"嗨！"一声。谷寿夫让冢田在客厅稍等，冢田又立正"嗨"一声走了。在谷寿夫和冢田说话间，我联想到今天所见一系列屠城场景和杀人惨状，心里暗暗切齿："你这禽兽谷寿夫！要不是为了老家爸爸、妈妈和弟弟，我立即咬死你！"冢田刚出门，谷寿夫便馋涎欲滴地看着我说："进卧室去吧。"我不动，谷寿夫便轻推着我向卧室走去。快要走到卧室门口，外边又有人喊声："报告！"谷寿夫应声："进。"我和谷寿夫同时回过头去，就见两个身体强壮长相凶残的士官反扭着两名中国姑娘走了进来。两名士官将姑娘推到谷寿夫面前。我见两个姑娘一个约二十岁，一个有十七岁。两个都披头散发，脸色白净。二十岁的裹着一件粉色旗袍，从敞开的领口可以断定全身未穿内衣；十七岁的穿着一身灰色的棉袄棉裤。两人都倔强地低着头。两士官中一个留小胡子的立正报告说："报告司令，这是今天抓到的、全南京最漂亮最年轻的花姑娘。"谷寿夫疑心地先看看两个姑娘，又看看士官。士官说："不过中国的花姑娘太狡猾了。我们同时抓到二十多个花姑娘，她们都故意穿着破衣烂袄，头发搞得乱七八糟，脸上都涂了土灰，看不出丑美。我们强制她们洗了脸，这个大个儿的我们还让她换上旗袍。中国女人，内衣的，统统没有。我们挑了这两个脸好乳好身子好的献给司令长官。其余的，统统送到慰安所去了。"士官说完，谷寿夫走过去，分别捏了两个姑娘下巴抬起脸观看着说："嗯，是的，中国花姑娘，纯美、柔嫩，很好享用。"说着又捏摸了一下那大姑娘的乳，命令道："好吧，先把她们临时安置在对面屋子。"两个士官"嗨！"一声立正敬礼，带两个中国姑娘出了客厅。接下来又把我轻推至卧室里来。谷寿夫不像武田雄二大佐絮絮叨叨。通过刚才留下两个中国姑娘，我知道他没有时间絮叨。又十多年后，中国在他指挥部队首先攻进南京的雨花台枪毙他时，宣布他在大屠杀的四十多天里，强奸二十多名中国妇女。所以他在强奸妇女时，没有时间絮叨。谷寿夫把我推进门，以日本兵杀人比赛砍人头的速度剥掉我全身的衣服，一手把我扳倒，两手像端起一截圆木一样把我端起扔在床上。我又恨又冷浑身发抖。谷寿夫脱下睡袍，扔在一边。我知道接下来他要干什么。我认真地说："武田大佐已连三夜将我强暴，我已是个被糟践过的女人了。"我欲让他对我恶心逆反，可是他说："那好啊，如果你是他的情妇，或者是他的妻子，更说明他对我的一片忠诚。"说完不再言语，扑上来在我脸上、胸上像野狗争尸一样疯啃狂咬一阵。接着站在地上把我拉到床边，提起我的双腿，像牲口一样晃动了很短时间。再接着"噢"地嚎叫一声完事。

谷寿夫发泄完毕，穿了长睡袍。我也穿上那身没领章的军衣出了卧室。谷寿夫对冢田说："川美姑娘真美。下去告诉工作人员，晚上川美姑娘就寝这里，明天仍依武田兄安排行事。好了，去吧。让中士带那两个中国花姑娘进来。"冢田一声："是!"带我出了客厅，又让中士同时带两个中国姑娘进去。

畜牲! 畜牲! 畜牲! 禽兽! 禽兽! 禽兽! 我再次想起长崎码头石原史太郎说我们是物资不是人的话。呸!

我走出谷寿夫的卧室，心里把这两个词和石原史太郎那句话一直默念到让我就寝的另一个房子，直到昏睡过去。

24 观杀淫掳掠后被当奖品

　　整整一夜，噩梦不断。我梦见整个南京城塌陷成一个数平方公里大的深坑。深不可测的大坑内蓄满了人类的鲜血。微波不兴的血水中密密麻麻地漂浮着赤裸、残缺、腐烂了的人头和死尸。血湖中央突兀着一方四个垒球场大的小孤岛。小岛上堆集、散陈着一片白森森的人头骨和散乱的骷髅。天上晴空万里，没有太阳，只见一片血光映照下的白骨中间竖着一根高杆，杆上飘着标志占领的日本旭日旗。这时，日本军歌响起，我看见我到南京后见过的松井石根、谷寿夫、冢田晋右和听说过未见过的朝香宫鸠彦、冢田攻等军人站在一叶划船上。船头飘着一面日本太阳旗。旗下站着昨夜刚踩躏过我的谷寿夫向前挥着军刀。船两边四名日本兵用船桨拨开漂浮的尸骨，往前奋力地划行着，而船尾四名号手也鼓起腮帮，吹奏着日本军歌。

　　我站在蓄满鲜血、死尸漂浮的深湖岸边正看得触目惊心，魂不附体。突然头顶一声霹雳，天崩地裂，空中腥风血雨，无边黑暗，而眼底的浮尸、血湖和摆满白骨的小岛以及松井石根他们的划船在一道耀眼的电闪中，轰隆隆朝下一阵巨响，塌陷成了无底深渊。

我被惊醒，听见了敲门声和冢田晋右的叫喊声："川美，还没有起床啊！我们的太阳旗已取代了原来的太阳，升到中国首都南京的头顶了！"

我心灰意冷，慢慢腾腾地穿上衣服，开了门。冢田看我一眼，诡笑着问我："昨晚玩得好吗？我们的司令像在战场一样，是一员攻无不克的猛将呢！你离开后，那两位中国的花姑娘同时一起迎战司令，都招架不住，彻底甘拜下风了！"

我说："我在长崎码头的货舱里，中尉石原史太郎说我们是军用物资，不是人。现在，这话我要反过来说了。"

"呀！可不敢这样说，"冢田吃惊道，"虽然你过去是一位有名的京都艺伎，说起话来像诗人作诗，像演说家演讲，常人无与伦比，但是，绝不可以冲着将军和司令说。因为，武田将军和谷寿夫司令对你还有非常重要的安排！你的名声还没充分发挥作用呢！好了，我去给你先弄点东西吃。完了我们还到城里去，一起观看我们的军人在中国花姑娘面前，多么像我们的将军、司令一样勇猛，战无不胜！"

下了楼，冢田晋右和我又上了那辆绿色的军用三轮摩托。冢田仍坐在司机身后的车斗里，我仍单独坐在边车的车斗里。从光华门直开中山门、太平门、玄武湖、中央路一带。依冢田说，昨天带我主要看城市西部的屠杀，今天主要在城市东部看日军如何收拾中国女性。摩托已开至太平门玄武湖边，忽然从后边有辆双轮摩托追了上来。冢田让司机停车，后边的司机下车走过来说："武田将军指示：中山门外今天有'百人斩'行动，让川美去那里观看。"冢田说："明白。"

说完又让摩托掉头向中山门开。路途中，我问冢田："何谓'百人斩'？"冢田说："'百人斩'是一次比咱们昨天观看杀人比赛更有趣、更著名的杀人比赛。昨天是集体赛，如同橄榄球赛。今天是一对一赛，好比拳王夺冠赛。我军在来攻打南京的路上，为鼓舞士气，多杀敌人，开展了杀人比赛。为起带头作用，名叫向井敏明的中尉和野田毅中尉像打擂台一样进行杀人比赛，就是看谁在我军攻打南京中，能首先用马刀砍死一百个中国人，所以叫'百人斩'大赛。国内媒体大肆报道。两名中尉拼命杀人，从他们的出发地句容县一路杀来，到八天前的12月5日，向井中尉已砍死八十九人，野田中尉已砍死七十八人。到了昨天，他们两人谁都不清楚谁先到达一百人。所以，又把目标提到一百五十人。今天在中山门外，中国总统官邸门前决赛，看谁在相同时间先杀死一百五十名中国人，所以很有趣，很好看。"

三轮摩托直接开到中山门外，这里已围拢了不少日军官兵。被抓到的八九万中国军人俘虏在两天里进行的各种形式的大屠杀中已所剩不多，且关押地点相距较远，所以，今天可供杀人比赛的中国人主要由掩埋、焚烧、抛江处理尸体的中国平民苦力顶替。所幸今天是两个日军中尉个人对决，所需要杀的人数一百多名足够。每个对决者基数各五十名，每次各上十名，五次杀完。比赛开始，向井中尉和野田中尉面前各跪十名被反绑了的中国平民。一名裁判，两名计时报数的。开赛前，向井、野田各端一杯清酒，刺破面前被杀者，接血入酒，摇一下，高举过头，同时三呼天皇万岁！万岁！万万岁！将血酒一饮而尽。这时，裁判朝天鸣枪为号，向井、野田同时上前，挥起马刀，猛杀狂砍。一轮杀完，再各上十名，五轮之后，先杀完者再上几名。最后在相等时间内多杀者为胜。结果，野田共计杀死一百五十六名，向井共计杀死一百五十名。向井不服，举起马刀当众辩解，说并非他砍杀不力，而是因为在进城之前的砍杀途中，有一次为显他勇猛有力，他一刀从一个中国士兵头顶劈下，砍到生殖器处，将其劈成两半。结果用力过猛，刀被中国兵头顶的钢盔崩出一个豁口来，致使在刚才的比赛中，一刀未将被杀者的头砍断，又后补一刀，于是耽误了时间。说完拿着刀，绕场一周，让围观日本官兵看其刀上豁口。最后裁判宣布比赛结果：

今天两位都是英雄，野田第一，向井第二。指挥部将奖一名最好的花姑娘，野田先奸，向井后上……

呸！我一阵恶心，吐一口痰在地上。离开中山门外杀人比赛现场，我们的三轮摩托向太平门、中央路一带开去。一路上我反反复复回忆、琢磨在长崎码头货舱里，石原史太郎说我们是军用物资，而不是人的话。踏上中国土地，特别是入城一天半以来的所闻所见，我最深切的感受是：我的祖国已经变成一台巨大的、可以满世界移动的杀人机器，而驾驶这台巨大机器的正是我们天皇裕仁；组成这台机器的主要部件，甚至每个螺丝钉，也正是我们的军事统帅部和每个官兵。现在，这台巨大的杀人机器正在碾轧着中国大地。中国所有军民如同昆虫、草木一样，在其铁履之下被碾轧成一片粉尘。

车在太平门与中央路这一段，我看见的是更加骇人、作为女性最难以忍睹的惨象。路的堵头，地形犹如女人腹下三角区一样的日本大使馆及其以南的，后来才知道叫金陵女子学院。在这一带长达一公里的街面上，看不见一个活着行走的中国男人。能随处可见的，尽是街道两边仰躺的、趴着的、半躺半坐斜歪在墙根下，或蜷缩在石头和水泥砖块上的染满血迹的女尸。零散的、难以计数的这些女尸上至八十岁老妪，下至五六岁女童，全都一丝不挂地裸陈着，有的被削掉了半边脸；有的被割去了双乳；有的被砍去了半片臀部；有的两腿分拉开来，

167

被整个剜去了外阴；未剜去外阴的，阴户里不是被插进木棍、树枝、竹竿，便是被塞进了酒瓶、柴草或小石块。日本兵深信不疑强奸处女能使他们在战斗中更加勇敢；他们每强奸一名中国妇女，就拔一根阴毛夹在小笔记本里或放在钱夹里，最后算出他们共强奸了多少中国女人，以便在同伙面前显示荣耀；他们发现被强奸者阴户流血从而证实其为处女，就先活活地割下她的整个外阴，接着把她们捅死，再把割下的外阴带回营地，拔下全部阴毛，编制成护身符戴在身上，深信这样就会有魔力护身，从而在战斗中不被打死或者受伤……

这就是我们天皇和日军统帅部下的日本军队、日本士兵！

我为我的祖国流泪！

我为自己是一个日本女人无地自容！

我心里正因感到耻辱而悲伤，忽听前方不远处有杂沓的跑步声传来。我抬头看去，就见一个约八岁的小女孩从街一边的小巷里跑出来。接着就有七八名从小巷里追赶出来的日本兵。他们显然是一小队巡逻兵，发现小女孩才追赶出来。小女孩跑出小巷口，往右只在街上跑了十多步，就钻进街道南边一家院子。紧跟着的七八名日本兵像一群警犬一样不用寻找就追进小女孩跑进的院子。冢田对司机说："快！我们过去看看士兵和中国小女孩怎样捉迷藏游戏。"我们的三轮摩托在院门口停下，冢田拉住我和司机一同跑进院子，冲进房子。这是一座坐南向北的三间平房。七八名日军冲进房，见一位老头坐在地上一张低桌前。床上一个老女人紧紧地抱着一个约四岁的女孩。另有两名约十四岁和十二岁的女孩就像被吓呆的小兔一样相互紧紧抱着，低头蜷缩在床角里。三四名日本兵要拉床角两名女孩强奸。抱小女孩的老女人扑过来阻挡。一名日本兵一枪刺进四岁小女孩的心窝，挑起来用枪扔出窗外老远。而另一个日本兵一连三刀，将老女人刺死床边。刚才，就是日本兵刺杀老女人时，坐在地上低桌前的老头站起来扑过来拼命。一个日本兵又是几刀将其刺死倒地。这时才发现刚才跑进院子的八岁小女孩就趴着藏在老头身后低桌底下。老头和老女人被刺死，一个日本兵一脚踢翻低桌，揪住八岁小女孩衣领提溜起来扔在床上。然后八名士兵一拥而上，扯掉三名女孩衣裤。女孩们吓得像正被宰杀的羊羔一样嚎哭尖叫。士兵们轮番将三名女孩强奸，直到三名女孩全都吓昏过去。接下来士兵们抓住三个女孩腿脚拖下床，并排摆在地上，用刺刀剖腹刺死，挑出肚肠。其中三名日兵蹲在十四岁女孩身边拔阴毛。看样子像小队长的日本兵喊叫："拔什么！快走！"各拔一根阴毛放进钱夹的士兵站起来，而像小队长的士兵却蹲下来，掏出匕首，割下外阴，递给另一个士兵。我目不忍睹，闭起眼来。就听小队长冲着我问："干什么的？"冢田说："是战地女记者。"小队长问："证件？"冢田说："武田军需和谷寿夫司令派来的。"小队长吼道："走！松井司令有令，战场一切，不许报道！"

我不是记者，但他们最后好像相信了我是记者。不过我想，假如我真是记者，去哪儿报道呢？无法报道，难道真就让如此残忍、如此灭绝人性的罪恶行径在人类历史的进程中永远地销声匿迹吗？不！那样我就成了他们的同案犯。眼前的一切，都是我亲历见证，隐匿他人犯罪，同样也是罪孽！而且罪孽深重！我得活下去，更要牢牢地记住！我不相信历史的天空永远会黑暗下去。

我们出了院子，三轮摩托往前只开了约两分钟，想起两天以来的亲历所见，我一阵恶心，为防止像昨天一样吐在车上，在一个小巷口停下车来。我下了摩托，蹲在大街北侧路边，一阵掏肠倾腹地恶吐。正吐，忽听巷口跟前两声枪响。我抬头看，又见一队约七八名日本士兵在一户人家门前干着什么。冢田说："快起来过去看一下，这倒挺有意思。"我擦了嘴，冢田扶我起来，向巷口里走去。

这是一条南北向的小巷，正值午后，太阳直照过来，小巷口真可谓处在光天化日之下。我们往里只走了不到二十来步，看见一户家门朝西的人家门前，有一老一少两个女人被一丝不挂地绑在门前两边的石条上。年纪小的约十五六岁，年龄大的刚五十出头。另有一老一少两个男子被反绑着站在门

170

口，两个日本兵用带刺刀的长枪抵着他们。四名男女看上去完全是一家人。我们走到跟前，五六个日本兵正在轮奸一老一少两个女人。女人在日本兵身下挣扎扭动。男孩疯了似的"妈呀！妈呀！"地拼死哭叫。老头一边挣扎扭动，一边吼叫大骂："畜牲！畜牲！"一名好像懂中文的日本兵说："队长，他骂我们畜牲！畜牲！"队长恼怒松手，让其他日本兵继续压住老头，自己从另一个日本兵手里拿过长枪，枪托朝上，刺刀朝下地高举在老头背上，接着猛力朝下扎去，连扎三刀，老头只扭动两下便不动了。小队长让两名日本兵将老头尸体抬下扔到一边。女孩仿佛已昏迷过去。小队长又拿起枪，用刺刀在女孩阴户里搅动几下，女孩疼痛得痉挛着抬起头来，但已无力喊出声了。小队长又令两个士兵拿来两颗中式手榴弹，强塞进一老一少两个女人阴道，打开盖，勾住拉环，大声喊道："跑开！卧倒！"其余日本兵跑开、卧倒。冢田拽着我也跑出十多米卧倒。这时听小队长喊声："一、二、三！"随之冲开有七八米远紧贴地面卧下。再紧接着只听"轰隆"一声，扭脸看时，那人家门前空中，血块横飞，血点如雨地落下。

我恐惧地低垂着头，身贴地面，好长时间，无力起身……

这是真的？还是噩梦？

昨晚的噩梦像鬼故事，今天的噩梦是现实。

今天上午，我已发誓活下去，记住这一切。可是多半天血淋淋的、非人类所为的现实彻底摧毁了我的全部意志。我真的承受不了，支撑不住了。我昏昏沉沉，似已麻木，恍恍惚惚地好像被冢田和司机从地上扶了起来弄上摩托，此后什么都不知道了。

当我醒来的时候，不知是在什么地方，只见是在一个房间。我躺在一张床上。身上、头上黄色的军衣、军帽没有了，竟换上了大佐在日时送的那件和服。我疑神不定，四处搜视，枕边床上放着一张纸，上面用日文写着：

秀子小姐，好好休息。醒来后，床边小柜里有水，有饼干。傍晚还可能有人送饭。切不可离开房间（你也绝对离开不了）。晚上你有重要而光荣的任务。

我知道这是冢田晋右写的纸条，但看不出什么意思。我想弄清我在什么地方。我琢磨现在应该是下午五点多钟，不然太阳不会从窗户里直接照射到屋中间的地面上，东墙上有门，有窗。从窗户穿过走廊，可以看见前院。我走到后窗前，窗没有钉死，这房间一定很高，关在里面的人一定无法越窗而逃了。我打开窗户，把头伸出窗外。这是一座长长的五层楼，我在五层最中间的房子。楼

172

西边，距楼房近十米的地方是院墙。楼上很安静，像是刚刚被清理过的一座旧楼。从远处传来两声悲凉沉闷的汽笛声，我想，这院子和楼房大概在城外挹江门和下关码头之间离长江不远的什么地方了。

我不知有什么重要任务，也不知上天如何安排我的未来。空空荡荡中浸含着未知的不幸。我感觉有点饿了。我取了水和饼干，口觉无味木然地咀嚼起来。可是刚吃了几口，忽听有汽车声由远而近地传来，轰轰隆隆的似有不少。到了近处，或者是前院吧，陆陆续续地停了。又过了约几分钟，我听见楼后，也就是我窗下的院子里传来踢踢腾腾的脚步声和男人们驱赶牲口一样的喊叫声。我放下食物，走到窗口去看。发现一些端着枪的日本兵像给羊圈拦羊，或像给牛棚赶牲口一样，驱赶着许多年龄不等，小至八九岁，老至八十多岁的中国妇女到后院来。这些妇女看上去既有农村妇女，也有城市妇女，既有学生、教师、工人，也有尼姑、孕妇和残疾女童，但全都被反绑了。被赶进后院的妇女越来越多，最后有一百多名。这些妇女被赶到后院后，靠墙站着或蹲着、坐着，个别也有因眩晕躺在地面上的。但是，看上去没有要逃跑的迹象，这大概因为楼两头有日本兵把守或用什么栅栏或铁丝网拦着。所以，端枪的日本兵把抓来的妇女们驱赶到了后院，就撤离了。我不知道我们的部队又要干什么。该不是又一次集体屠杀吧？若是集体屠杀，为什么全是妇女？一天多来，数十次，每次成千上万人的集体屠杀多在城外，为什么今天要把这么多的女人驱赶到不到三百平方米的后院呢？我百思不解，正在琢磨，忽又听到前院开进了更多大卡车，先是一阵踢踢啪啪的跳车声，紧接着便是一阵杂沓的、乱牛奔腾般的跑步声传来。我朝窗外北边看去，就见从刚才楼北头押进妇女的地方，一群难以估数的像狼群一样的日本兵向后院的妇女们冲来。刚刚稍得喘息的妇女们见此情景，炸了窝似的四散奔逃，而日本兵疯狂地追逐着，围追堵截地抓捕着。不管是一个日本兵抓住一个中国妇女，还是几个日本兵同时逮住一个中国妇女，就饿狼争尸般撕扯掉她们的衣裤，把她们扑倒，或掀她们靠墙，或几对一地就地压头扭臂逼她们弯腰举臀，强奸、轮奸、抽打、淫辱她们。女人们哭喊着，尖叫着，无望地挣扎着；而日本兵嬉笑着，嚎叫着，斥骂着，疯狂地淫乐着，整个后院群魔争尸，混声一片。我看得心惊胆战，目不忍睹，刚闭眼，又几声枪响，一阵操练般整齐的脚步声传来。我睁开眼，就看见开始把女人们驱赶到后院的那支小分队，在拿着手枪的中队副带领下，又跑进后院，站成一列。中队副再次朝天鸣枪后喊道：

"排队！排队！让女人们排队！"

听到枪声和喊声，日本兵停了兽行，胡乱提起裤子，都逼着女人们站起来排队。女人们着衣，日本兵就催"快！快！"有女人卧地不起，"砰！"的一枪过去，女人抖一下就不动了。

女人们人挨人排成五列长队。中队副样的军官拔出军刀，走到女人们的队列前，用军刀一个个拨拉着女人的脸，上下打量女人身材，年轻的、相可的，说一声："到那边去。"就过来两个日本兵把这个女人拉出队列，带到楼下墙根站了。中队副一连走过五排，挑出六十多名妇女，让日本兵带上楼。又挑了五六名看上去年轻丑陋强壮的，也靠楼下站了。余下的让她们像堆柴火一样紧紧地簇拥在一起。中队副扭脸看她们一眼，掏出手枪先向她们中间开了一枪，紧接着从一楼窗户里同时伸出三挺机枪，"哒哒哒哒"一阵狂射，四十多名女人扭七歪八在血泊里倒成一堆。这时，从前院开过来一辆大卡车。中队副端着手枪，逼站在窗下的几名年轻女人把打死的女人尸体抬起来扔上车。几名年轻力壮的女人以为抬完了，扔完了，会和刚才挑出来上楼去的女人一样活下来，可是不等她们反应过来，中队副便用手枪"砰！砰！砰！"地将她们撂倒。枪声刚停，就过来几个日本兵，不管死活（我看见其中至少有名女人还在扭动着没有死去），一齐抬了扔上车开走。

成千上万集体屠杀的场面我已见过，此时我的意识神志仿佛已经麻木，只听楼前的梯上传来踢踢踏踏的脚步声。我趴在前窗上看，刚才挑选出来的妇女，分别被带进各个房间。

我知道她们是慰安妇了。

同时我也明白，从此刻起，我也毫不含糊地成了一名慰安妇了。事实证明石原史太郎在长崎码头货舱里的话正确了。

想起冢田传达武田大佐说我晚上有重要安排是放屁的话！

从西边窗户里照进房间的斜阳在地面上如同黄水一样向东漫延，已经到东墙窗下的墙角。因为是冬季，我想，大概已是下午六点多钟的时候了。要在我们京都，早已经天黑多时了。

有人敲门，我开了，是冢田，果真带来了一些食物，日本的。我猜测、茫然、疑惑、无语。冢田第一次在我跟前少言寡语，看了我一会儿说："吃吧。我依令行事。你多保重。干什么，你很快会知道的。"

冢田说完走了。

冢田走后，我没一点心思吃东西，只觉得心烦意乱，一片茫然。最难消解的痛苦是：欲活罪难逃，欲死恨未消，死活两难！

不多会儿，楼梯上、楼道里传来说话声和脚步声。有日本兵从我东边的门前走过，去了五楼那边一些房子。我想起我进城前那晚在那个县城慰安所里的情景。中国妇女又要在我眼前遭蹂躏、遭杀害了。刚才西边院里的情景像血雾一样罩住了我的双眼，我所能看见的所有日本兵都成了血脸红发的魔鬼。

我走过去趴在东边的窗口穿过走道朝外看，前院大门口已聚集了一大群日本兵。军人们在门口领了牌，分别去了五个楼层的各房间。我邻近的一些房间开始传出女人的哭声和杀猪一样的惨叫声以及日本兵粗鲁的喘气声和野蛮的呵斥声。我一边朝着大门口看，心里猜测今晚我这房间会不会和在县城临时慰安所里一样没有士兵或军官来呢？我正在猜测，突然发现在大门口，有一个军官领着先天在中山门外进行杀人比赛的军官朝楼上走来。我想起杀人比赛结束时，那个所谓裁判说的杀人冠军将奖励最好的花姑娘，立即又勾起武田雄二大佐以及那天在总攻动员会上松井石根最后对军人的承诺。我知道冢田说的晚上有重要安排的意思了，更想起长崎码头货舱里石原史太郎说我们不是人的话了！我已没有退路，没有选择，没有意外的侥幸了！

重锤击心地敲门了。门开了，军官带着两个杀人冠军进来了。军官正掩门，一脸凶相的中尉野田毅就迫不及待地脱掉了裤子。掩门的军官回头说："哎呀急什么急，我告诉你，"军官说着指了指我，"开始宣布奖励中国花姑娘，后来武田雄二将军说：'中国花姑娘身子好，但不高雅又无名。而我们面前这位名叫川美秀子的小姐，是大日本帝国京都有名的艺伎。是只有元帅和大将军们才能享受的尤物！'"军官未说完，那个野田毅就朝我扑过来。军官挡了说："哎哎哎，说过的别急嘛！川美小姐请原谅，杀人英雄就这样，为了多杀人，就没时间啰嗦，显得鲁莽了。"军官说着转过身，指着向井敏明介绍说："这位英雄名叫……""畜牲！"我直接回答了名字。军官皱眉正感意外，野田就扑过来把我按倒扯我衣裤。我突然放弃了活着的异想，猛地伸手抓破了野田的脸孔。野田恼羞成怒，猛抽我脸。军官又挡了说："别抽别抽！抽烂了就不好玩了。她不愿脱我们帮她脱。见人就脱的女人不值钱。其实这也是我们预料中的事。"说着，野田、向井、军官三人压住我，几下把我衣服扯光了。野田还在向井和军官正脱我上衣时，就扑上来强暴我。我用手去抓，向井和不知名的军官控制住我的双臂和双腿。野田的头脸刚要接近我，我一口上去，差点咬掉野田的鼻子。军官厉声喊叫："川美你怎么如此不知趣！好了，看来我们的预料没错，这姑娘真是敬酒不吃吃罚酒！"说着从手提包里掏出几截绳子，"来，把她绑住搞。"说着三人一齐动手，把我双手双腿绑在四面床角上。野田又如狼似虎地扑过来，而我只剩下一种"武器"——牙，我挣扎抬头去咬，姓向井的捂我嘴，我差点咬掉他一只指头。然后他就走到床一侧，双手压住我的额头，让野田毅又开始强暴我。正这时，我突然听见一阵仿佛紧急集合似的跑步声朝我的房间传来。向

178

井和那个军官还没搞清楚怎么回事，数十名日本兵就冲进了房子。房子里涌满了日本兵，还有许多进不来就站在了门外。来兵们中间一个领头的，吵架似的和带野田、向井来的军官理论说：

"石川中队长，我们问你，野田、向井他们两人开展杀人比赛，你们把这名京都艺伎奖给他俩；我们昨天也进行了杀人比赛，而且是集体赛。他们各杀一百五十多名中国人，我们杀了一千多名中国人。为什么把京都艺伎奖给他们不奖我们?!"

"是啊是啊，"来兵们一齐手指石川，众声斥问，"你说嘛!"

野田毅"噢!"一声下了床，接着向井上来要强暴我，来兵领头的挡住吼道：

"住手! 说清楚再干。"

石川说："我奉武田将军之令，你们是哪部分的?"

来兵领头说："我是吉冈中队长。负责昨天在挹江门外的杀人比赛，是受谷寿夫将军指令。不行吗? 你说不行，我们马上去找司令!"

石川说："行行行，我没说不行啊! 你们多少人?"

吉冈说："冠军队五十人。"

石川说："好吧。加这二位英雄总共五十二人。这么多人总得有个次序吧? 也得有个时间限制啊! 平时慰安所每个军人三十分钟。中国女人两元，日本女人五元。今天军人多，每人只限十分钟，但五元钱得掏。次序你们定。"

房子里外的军人一齐吼："艺伎是奖品！我们没有钱！每人至少二十分钟！"

石川说："军人给慰安妇拿钱，是军事统帅部的制度。吉冈中队长，你说怎么办？"吉冈面对军人说："别闹了，我再请示。我也认为，既是奖赏，这钱理应军方来掏。好吧，现在来排一下次序。"

日本兵狼嚎鬼叫一片吱哇声。

我要死了。或者已经死了。我没有任何一丝一毫存活于世的希望了。我连唯一一点咬人的能力都被控制了。起初的一点知觉是，日本人把我四仰八叉朝上放倒在地上，手脚都用长长的钢钉钉死在地上。然后，他们就像木材市场堆垒木材似的，一次又一次，一根接一根地把粗大沉重的圆木扔到我身上。我咬紧牙关，留住自己一点朦胧浅微的意识。我心里吐槽一般反复咒念"日本""日本""日本"两个字。我记得我什么时候说过：我只怨我们日本出了"坏头头"，平民百姓都是好的。现在，我恨所有听天皇指令到中国来抢占土地，畜牲一般杀淫掳掠的每个日本人。我反复咒念"日本""日本""日本"两个字。

我的微弱的意识，随着身体一下接一下地被重击、被猛撞，渐渐地消失了。当我的亡灵立即就要飘达天国之瞬息，我鼓尽全力去看太阳。我要记住是那一时、那一刻，妖魔般的日本辱灭了我的灵魂，夺去了我的生命。假若有来生，我定当向日本复仇。可是我没有看见太阳。我只看见东边的墙顶有一抹暗红色的余晖，那是日落时奄奄一息的余晖。

不知什么时候，我仿佛又有了点朦胧的意识。我依然不知道时间。我只用眼的余光看见西边窗顶头的墙上有片血一样的太阳光，这光渐渐地沉落下来。这阳光好像从东边走廊与窗顶的缝隙照进来，很短暂，很短暂。

新一天的、对我持续不断的强暴开始了……

我意识到我在此时此刻死去了。

25　在苏北慰安所里的八年

　　我几乎一口气读完了奶奶在南京几天凄惨的、不堪回首的遭遇。我气愤得说不出话，出不来气，像突不出地壳而喷发的火山岩浆一样感到窒息。我因此断然肯定：如此残忍、残暴、没有人性的非人类作为，在整个人类史上，都堪称绝无仅有！

　　我绝对不可思议，奶奶经历着如此惊天劫难，怎么还会活下来！

　　知道了奶奶如此的遭遇，我就彻底明白了在收容所里，为什么坚决拒回日本；就明白了为什么在电视里一看见日本首相参拜靖国神社就气得浑身发抖。想想看，正是供奉在靖国神社里的那些甲级战犯以至天皇，把她这个从小刻苦学艺、当此风华正茂、就要大展才华的艺伎骗到中国来，让她观看日本兵食人恶魔般地杀人；光天化日之下，成群结伙地奸杀妇女；以至把她作为奖品，奖给杀人比赛中的所谓冠军恶魔夜以继日地轮奸，几乎致死。

　　说真的，读罢奶奶的遭遇，我对日本"坏头头"的愤恨，比奶奶真是有过之而无不及呢！因为对奶奶而言，除了

"坏头头"，那里毕竟是她的故乡，她自小在那里长大，那里有她终生割舍不开的亲人。而我之愤恨则就多了。我不但恨日本"坏头头"，也恨那些在"坏头头"魔驯怂恿之下杀人不眨眼、奸淫如狂魔的日本军人！

让我不可思议的，还是奶奶，可亲可敬的奶奶！遭遇不幸、万分惨痛的奶奶！如今被日本"坏头头"气死，即将入土的奶奶！今天，距离安葬奶奶只剩下两天了，我最关切的，还是奶奶在那样的情境下，怎么会奇迹般地活下来，而且竟然成了我三十多年里因父母不在身边而相依为命的奶奶！

接下来，奶奶在她所剩不多的回忆记述中写道：

在我朦胧的意识和模糊的记忆中，我不知道他们在把我作为慰安妇后的第几天和怎样装上一辆什么车。冥冥之中，我感觉他们要把我拉到杀死中国人的某个地方把我杀了，或活埋了，甚至也剜下我的外阴，拔下阴毛编制成护身符，这种情况是很可能的，因为他们这样做了，就可以在同伙面前炫耀：看！我这护身符是用京都有名艺伎的阴毛编制成的！

可是，在我的意识经历了漫长的颠簸，渐渐恢复的过程中，好像没有被杀掉或活埋，因为那样我会被惊醒，或经历瞬间剧烈的疼痛，最后，当我真的苏醒过来之后，发现他们把我从一辆运兵的大卡车上搀了下来，然后扶进了一圈儿平房中一间像小学教室那么大的房间。同车下来的还有一名我不认识的日本女人和三名朝鲜女人。我们被一同安排在一间像教室的房子里。我们进去后，里面已有中国的四个女人。一间教室，住着八名慰安妇，每个单人床之间都用布帘隔了起来。在我从卡车到学校教室之间这一小段路途中，我左顾右盼，我不知道这是什么地方，但我肯定是一个离城镇很远很远的农村。

押送我们的一名小军官临走也没有告诉我，我们现在的慰安所是什么地方。他告诉我，我在南京慰安所的几天里，表现极为不佳：仿佛全身都死掉了，只有牙齿还活着；什么都不知道干，就只知咬人。后来他们就用长长的黑布条从脑后缠过来将我的嘴巴封了。于是军人们说，搞这位京都艺伎，如同奸尸，而且是一具令他们恐惧的死尸。所以有军人说，这个慰安妇不装死就咬人，干脆一枪崩了！情况反映到武田雄二将军那儿，武田又和谷寿夫说了。二人心照不宣地合计：虽然这个川美辜负了我们的希望，但还是不要杀掉，因为需要慰安妇的地方太多了，现在我们已有的人数，还远远不能满足部队人数的需要。干脆把她弄到新开辟或新占领的地方去，让她在那里去慰安前线或一些据点上的普通士兵去。她再咬人，就敲掉她的门牙！让她的嘴和下身一样，两名战士可以上下同时搞，只要不死就行。

后来我们才知道，我来到的地方是在中国江苏、山东与安徽三省交界处的一个名叫王庄的村子。这是一个较大的村子，日本占领之后，村人除了死掉的，都远逃他乡去了。学校于是就成了慰安所。

　　在后来长达八年的慰安生活中，只有两三件事值得回忆记述，其余时光，年复一年，日复一日，苟延残喘地活着，就像每天喝几口污脏的泔水那样应付三四名日本军人的蹂躏。八年前，我多少次听日本人说，只用三个月，就可拿下中国，战争一结束我就可以回日本故乡。可是，八年过去了，看样子却是永无尽头了，甚至一天比一天地更糟了。就在我正愁这种暗无天日永无止境的日子时，有一天，我听到一个使我更加绝望的消息。

　　那是昭和二十年7月7日。这个日子像一根钢钎一样深深地打入了我人生的记忆中。那天下午，一名日本士兵从炮楼来到慰安所，进了我住的房间，并直接来到用布隔开来了的我的床头。这个蓬头乱发、军衣破烂、满脸污垢的士兵，看上去至多有十四五岁。这个小士兵一看见我，几乎惊呆了。他久久地凝视我，仿佛看见了亲人的鬼魂，简直就呆若木鸡了。我对小士兵这种神情虽也存疑，但依然照例行事。我撩开没有内衣的单布袍，把自己赤裸的身体像一根木头似的仰面摆上床，并招手让他过来。小士兵却摆头拒绝，并惊愕地说道：

　　"不！你是川美秀子姐姐吗？快穿了衣服。我、

185

我……"

我也吃惊地坐起来，并又穿上了单布袍，然后说："我是川美秀子。你是谁？我从来没有见过你，快过来坐下说话。"

小士兵走到我跟前，但未坐，依然惊疑地看着我，并流出泪来说："秀子姐姐，我名叫川岛第仕，是川岛善美的弟弟。你是没见过我，过去和今天以前都没见过我。三天前部队才刚把我们一个排换防到这个据点来。可是我来中国前见过你，是在照片上见过你。你和我亲姐姐川岛善美在京都东南多角寺一棵樱花树下有一张合影。我和姐姐的弟弟川美小豆是同学。小豆常到我们家来。每次来，我姐姐善美就给我们讲你和她做艺伎时的故事……"

我连忙插问："你姐姐呢？你姐姐现在呢？"

小川岛第仕说："姐姐很悲惨。战争开始后，日本取缔了艺伎业。有些艺伎和你一样，被骗或强征去世界各地日本占领区做了慰安妇，而大部分，包括我姐姐川岛，都流离失所地流浪街头，没有了饭吃。过去的许多熟人和朋友，包括姐姐的那个'旦那'都没有人再怜念姐姐……"

我又急着插问："小豆呢？他不是和你一块儿被征集到中国战场来了吗？"

小川岛哭了说："川美姐姐你别哭。小豆和我一起被强令征到中国来，我们在上海码头下了船。小豆被派往中国南边一个地方，才去了三天，我到这儿来还未出发，就听说小豆所属的那支部队被中国部队包围了。长官认定他们绝对冲不出重围，就逼着全连官兵剖腹自杀了……"

我感觉一把刺刀捅进了我的心胸，周身的血直冲脑际，我傻呆了，憋了半会儿，才爆发出撕心裂肺的哭吼。小川岛见我哭也哭了。全室的姐妹——慰安妇围过来劝我，可是话未出口都忍不住哭了。全室的姐妹都哭成了一团。

哭了半会儿，小第仕止了哭声，就开始劝我："秀子姐姐，你要多多保重啊。我听部队有军人私下说，我们日本……"

我气愤地阻挡小第仕说："说日本别说我们！"小川岛第仕就说："日本快要支撑不住了。自五年前日本偷袭了珍珠港，美国向日本宣了战，中国、苏联，还有……好像除了德国、意大利，全世界都一起合起来打日本。美国把被日本占领的所有岛屿，和东南亚国家都夺去了。美国为首的盟军都快要打到日本本土去了。日本国内已没有兵源，所以像我和小豆这样才十四五岁的孩子都被强征到前线战场上来了。我们来不及训练，大部分甚至不会打枪，到前线来，只是来送死。日本还把一些十八岁到二十岁的小青年强征到部队，组成敢死队，无论在空中还是在地面，进行自杀式报复性袭击，可实际上，救不了日本，还都白白地送死了。所以秀子姐姐，你要多多保重，战争不会很久了。"

小川岛说战争不会很久，我心里明白，战争会以日本失败告终，可这正是我的心里所盼啊！此刻，我已感到自己并不十分重要。我急问小川岛："第仕，你来中国前，还见过阿姨，就是我妈妈没有？"

小川岛说："我们被强征得很急，我甚至来不及到鸭川河岸的你家里去。可是我还是去了。我到姐姐家时，要带小豆到部队去的地方军人也已到了门口。军方征兵管制很严，因为自开战以来，几乎每天都有成千上万的人被送到前线，可是没有一个人回来的。人们都说只要出国，都是有去无回。尽管军方说，不断征兵，是因为战场不断扩大，实际是战场不断缩小。所有死掉的日本兵，不是整旅整团地被消灭，就是因无法突围而成千上万地集体剖腹自杀，或者当场约定相互开枪。我听说那场面，就像日本兵把中国俘虏成千上万地扫射、活埋、焚烧一样惨烈。所以，我见了阿姨，容不得说话，她只是泪流满面地哭着抱抱小豆又抱抱我。因为阿姨、小豆和我都知道这是永别，是短暂一生的最后一次见面。在到中国的轮船上，小豆才告诉我，自秀子姐姐离家到中国后，阿姨整天盼有秀子姐姐的来信，可是八年里渺无音讯。自那以后，阿姨就整日整夜地哭，眼睛都要哭瞎了。要不是小豆，还有长崎的叔叔，阿姨早就跳海了。"

我又一阵悲痛欲绝地大哭。

小川岛连忙说："秀子姐姐，我要回据点了。你多保重。有什么消息，我会设法来告诉你。"

　　川岛第仕说完走了。

　　除了流不完的泪，我被整个儿掏空了心。

　　我声嘶力竭掏心吐肺地痛哭，直到当天下午四点多钟，有日本兵来，到了我的身上，我还在哭。日本兵只管在动，不管我哭……

26 解 救

八年啊，中国，以至世界，都被笼罩在令人恐怖的战争烟云里，都被浸淫在一片灭绝人性的黑暗氛围中。我非历史学家，但我深深地感到，在整个人类历史上，唯有纳粹德国设在波兰的、毒死一百二十万犹太人的奥斯维辛集中营和日本在中国南京烧杀掳掠以各种非人手段杀死三十多万中国人，强奸至少两万妇女的罪恶为最。它在我心中打下了永远难以泯灭的刻骨印记。而这一切，一个日本女人、我的奶奶川美秀子，既是悲惨的受害者，也是她的祖国罪行的亲历者和见证者。

川岛善美的弟弟——川岛第仕向奶奶传递了现在全世界都在进攻日本，日本快要土崩瓦解，支撑不住了的信息。而这，无疑增强了奶奶忍辱负重地活下去的信心。因为，奶奶自己在中国八年悲惨的遭遇，使她心中有了一个铁打的结论：只有天皇裕仁彻底低头，只有日本彻底失败，只有它野兽般疯狂的军队彻底地被摧毁、被消灭，使其千年万载不得死灰复燃，她，以及世界所有被侵略国家的人民才有存活下来的可能，世界才有永远安宁的希望！

奶奶死等着这一天，熬着往后的日子。

奶奶在接下来的回忆记述里说道：

　　自那次川岛第仕走后，日本兵来慰安所的，奇怪地逐日减少了。奶奶正琢磨怎么回事，川岛第仕又来了。奶奶印象里记得好像已是十天以后了。川岛第仕一进慰安所他来过的那间教室，走到奶奶的床头，为掩同室姐妹的耳目，装出要脱裤子的样子。可是奶奶的姐妹们都认识他了，知道他来并非为会川美秀子，于是都围拢到奶奶的床前来，一齐用等盼什么消息的眼神看着他。川岛第仕感觉到她们已把他当成自己弟弟一样相看了。于是，重新提好裤子坐下说：

　　"秀子姐姐，还有大家，所有的姐姐们，最近要特别特别地保重。中国兵，还有什么游击队，甚至还有村里的老百姓，一齐动手打皇军。今天这儿吃掉一坨，明日那里灭掉一个团。皇军发狂报复，到处实行'三光政策'，就是采取'杀光''抢光''烧光'的手段，把一个一个村子彻底从地面上清除掉，让别人感到，仿佛地球上从来就没有过这个村子一样。四天前，邻近一个叫三岔口的村子里的游击队，半夜摸到据点来，一次杀掉了四名皇军岗哨，还俘虏去一个弟兄。第二天，皇军为了报复，派部队来，并集中了五个据点的兵力，把那个叫三岔口的村子围得一个人都无法逃掉。皇军先把村外野地里每个可疑的地道堵上，然后派一个排的兵进村，挨家挨户搜出所有人，把他们都反绑了，每四五个人穿在一起集中到村口，再派兵进村牵走牛羊，抢走皇军用得上的东西，接下来又在各处堆上炸药，逼村里一些老百姓在炸药堆附近堆上柴火。皇军一切准备好后，用机枪一边把村口绑的人全部扫射掉，一边放火，扔炸弹，引燃柴火。整个儿村子同时燃起大火，火势冲天，那个大哟，从先天下午燃起火，夜里烧红半边天，整整烧了一夜。第二天一早我们去看，那村儿已完全成了一堆冒着烟的灰！"

全室的慰安妇听得都吓傻了。

川岛第仕接下来又说："所以，姐姐们千万千万要保重，能逃掉，就千方百计地逃掉。因为据说中国军队也要报复，集中更多军队，把我们现在这个叫王庄的据点端掉。东京军事统帅部有命令，不管朝鲜慰安妇，还是中国慰安妇，特别是日本慰安妇，一个都不能留给中国，必须一个不剩地处理掉。所谓'处理'，就是杀死。因为不能留下一个活口，让世界知道日本曾设立慰安妇制度。好，我离开据点时间太长了，我得马上回去了。"

川岛第仕说完走了。

川岛让奶奶等慰安妇逃掉，可是哪儿能逃得掉呢。用作慰安所的学校外围田野，早用铁丝网围得一只狗都跑不出去，而且距慰安所不到百米的地方就有一座炮楼，从孔里伸出的机枪来回地乱转呢。

奶奶和她的姐妹们都愁死了。

又过了没多久，奶奶记得不到十天吧。川岛第仕又慌慌张张地到慰安所来了。同来的有六个日本兵，且都背着上了刺刀的长枪。他们一进来，奶奶就想起川岛第仕七八天前说过的话，再看川岛这会儿的神色，就疑心今天是不是就要把她们全部"处理"掉？于是都心惊胆战起来。可是，看上去士兵们并无这种行动的迹象。川岛第仕拿着枪走到奶奶床前扶着枪坐下来，其他五个日本兵随便找个慰安妇，把枪靠在床头，一边隔帘脱着军裤，一边问：

"川岛你怎么不脱？"

川岛说："太累了，怕搞不动。你们搞，我来警戒。"

一个脱了军裤正要趴到慰安妇身上去的日本兵说："傻瓜蛋，再不搞，就没机会搞了。"

川岛明知故问道："为什么？"

另一个已趴上慰安妇身子的士兵说："难道你昨天没听见？美国兵已打到离日本本土不远的地方了。日本从海上把所剩的部队全都撤回了本土，要在本土与美军决一死战。美国最怕的是死人，罗斯福总统嫌攻打日本本土伤亡太大，就先给广岛，隔两天又向长崎扔了两颗叫什么……"

另一个正奸慰安妇的士兵说："叫原子弹！那家伙太可怕了，比一座行星砸到地面还可怕。那冲击波和光辐射把大山都能摧倒。那光辐射把钢铁都能熔化了。几分钟就把两个岛上的人和房子全都烧成了一片焦土！数十万人没一个能活下来。"

奶奶听到这话，惊得坐起来哭了。川岛第仕知道这是因为他第一次来告诉奶奶，奶奶的妈妈得知儿子川美小豆被逼剖腹自杀在中国战场，又连着八年得不到女儿的音讯，病倒不能起床，战事正紧，码头不许长崎的爸爸回家。爸爸只好把病中的老伴接到长崎。这下两个老人都被原子弹炸死，现在日本没有一个活着的亲人了……

川岛第仕见奶奶哭了，也忍不住哭了。

除了杀人放火和强奸女人什么都不会干的日本兵就像一边吃饭一边说话似的晃着身子说："所以，活一天是一天，能多搞一个女人就多搞一个女人，等有朝一日原子弹再扔到咱头上，想搞没人了。"

另一个搞完慰安妇的日本兵，走到门口一个慰安妇的床边去，扯开女人衣裤，捏捏慰安妇的胸，又低头窥阴说："看呀，这女人虽然不是花姑娘，却乳大孔又小。刚才的弟兄说得是，美国给广岛、长崎扔了原子弹，几分钟炸死几十万人。天皇裕仁吓坏了，迫不得已向全世界宣布日本无条件投降。听到投降的消息，全日本的人都哭了，在华皇军听到这消息，所有的军人都像挨刀的猪羊般绝叫了，有的当场都绝望地剖腹自杀了。可是我们的联队长本三说，天皇宣布归宣布，能抵抗的还必须抵抗。无力抵抗的全部剖腹自杀。否则当了俘虏，中国兵会把你活剥了。"

"说得是。"另一个闭着眼只管晃的日兵说，"想想看，我们在南京，几十万中国俘虏和老百姓，一个不留地都被我们杀掉了，活埋了，烧死了。他们中国人岂能饶了我们？多搞她们几个，死了也值得。"

这个日本兵如是说，其他日本兵一齐看样儿都搞起来，于是除了川岛第仕，整个教室又驴吼猪叫起来。川岛第仕不得不做做样子了。否则引起怀疑，一枪倒地，什么想法也难实现了。于是，他一边给川美秀子使眼色，一边装模作样脱裤子。可是，刚要脱，"轰隆"一声巨响，就像一座大山崩塌了，接着巨石滚坡似的一阵响，同时枪声大作。日本兵明白刚才的巨响是中国兵炸掉了炮楼，而四面同起的枪声说明王庄据点被包围。日本兵慌了手脚，平时只知中国军队装备差，往往借了夜色偷袭，可没料想今天下午就像日本偷袭珍珠港，光天化日之下发动了如此猝不及防的围攻。刚才还在享受慰安妇，现在突然想起就地处理慰安妇，一个不能留的命令。于是慌脚乱手，来不及提起裤子先抓起床头的长枪向床上的慰安妇刺去，可是躺在床上的慰安妇一个侧身骨碌翻下床，不但没有刺中慰安妇，因为掉在膝盖下的裤腰绊着不便走动，反被身后的川岛第仕捅死。川岛心有戒备，仇恨加恼怒，子弹加刺刀，一阵猛杀猛刺，三下五除二，就让西边三个日本兵倒地。川岛第仕还未及回身，一声枪响，东边一个日兵向川岛第仕开枪，枪头对着川岛后胸，但子弹不听话，没打着。川岛转身一枪，日兵仰面倒下，但另一个靠东墙的日兵一枪打在川岛腹部。川岛歪了下身子，跌坐在地，肠和血从肚里淌出来，但仍举枪射倒东边一个日本兵。但就在拉枪栓这一瞬，被奔到奶奶床前的一名日兵一枪击倒，再也没有坐起来。这时，四面枪声、奔跑声混到一起，愈来愈近，教室里子弹乱飞，喊杀声洪涛似的向教室汇聚而来。教室里剩下两名日兵，仿佛都默记"杀死慰安妇，一个都不留"的命令，可是奶奶刚才早已滚到床边地下。一个日兵刚才顾不及提裤，干脆双脚轮换一踢，甩掉军裤，光着屁股绕过床头，端着枪，正要向奶奶刺去，这时，几个中国兵有的跳上窗台，有的冲进门，一个跳上窗台的大个儿中国兵，从背后给那日兵一枪，要刺奶奶的日兵就栽在床头上死了。剩下的一名日本兵一连打死冲进门的几个中国兵，又向窗台上的中国兵射去，击中了大个儿中国兵左臂，中国兵拉动枪栓困难。日兵趁此奔到奶奶床前，双手倒握长枪，垂直向下要扎奶奶胸膛，却猛不防窗台上的中国兵一个虎跃，跳到日兵身后，右手握枪，枪托用右臂夹在身侧，枪和整个儿身体向前一个突刺，刺刀从日兵后背刺进，从前胸冒出。日兵斜歪倒地毙命，而大个儿中国兵因用力过猛，未及从日兵后背拔出刀枪，自己也晕倒在地。

　　这个大个儿中国兵，就是我后来的中国男人艾习武。

奶奶接下来自己记述说：

　　教室里的枪声、喊声和白刃格斗声刚静下来，外面的枪声、士兵冲锋跑步声愈来愈近。教室里的八名姐妹因川岛第仕来过的缘故，知道内情，急忙跑过来。有的围住川岛第仕放声大哭，有的用不同语言呼唤着"醒醒！醒醒！"把大个儿中国兵扶起来抱在怀里，慌脚乱手寻找东西包扎左臂上的伤口。这时又冲进教室的七八名中国兵，一见眼前情景，都明白怎么回事。他们喊我们起来穿上衣服，其中一个像小头儿的中国兵命令其他中国兵把艾习武抬起来送部队卫生所，而另两个中国兵领我们去了收容所。

27 奶奶死活要留在中国

　　虽然奶奶的回忆记述还有十多页未读，但对应奶奶一开始的记述，奶奶未来的去向，我心里已大致明晰。现在距奶奶的安葬还有两天，我可以从从容容哐摸其中苦涩的滋味了。

　　到收容所里来的，还有中国部队从其他慰安所收容来的大约两百多名慰安妇。其中少数是从日本来的，包括我自己；多数是被骗来的，其中有一个主要的由头就是军方骗说到中国来做工；而绝大多数是从后来叫韩国以及中国本土强征来的。甚至不征只抢，比如一群日本兵冲进一家，把其他家人"哒哒哒"地开枪都杀了，只把年轻的花姑娘拉到慰安所，死活不从的，就先轮奸，后枪杀。又比如几个日本兵巡逻，在村口看见一个花姑娘就先隐藏起来，等姑娘走近了，日本兵冲上去，像抓小鸡一样抓住了，先拉到一个空地或空房子轮奸，随后就关进慰安所里来。

　　在收容所的日子里，中国军人或不是军人的

人，还有翻译，每天给我们上思想教育课，讲日本为什么发动战争，侵略中国，侵略其他国家。还讲日本在南京如何烧杀掳掠强奸妇女，在农村如何实行"三光政策"。我想，我只是不会说中国话，否则，我要比你们讲得头头是道得多了，因为这是我所亲历的。中国人除了每天给我们上课，还在翻译的配合下了解我们每个人的身世：你是韩国人，还是日本人？说起地道的中国话，就不问了，只问你叫什么名，家在具体的哪个省？哪个县？哪个村？问你是什么身份，过去干什么？他们一边问，一边记录，有的还照了相。而在整个儿这些天里，收容所里的工作人员常常发现我心不在焉，问我想干什么？我说我想要见一个中国兵。他救了我的性命，他是我的恩人。他一只胳膊被日本兵打坏了，我要去看他。工作人员问我："这个中国兵叫什么名儿？"我说："我不知道他叫什么名儿，只看见他是个大个儿。"工作人员又问："他在哪里救了你？"我说："他在一个叫王庄的慰安所救了我。"工作人员又说："你等着，战场上受伤的中国兵很多，根据你说的情况，这个中国兵可能转到医院去了。你先在这里好好受训，我们打听到了通知你。"

只隔了一天，收容所通知我，要带我到一个医院去见那个左臂受伤的大个儿中国兵，以确认是不是救我的那个中国兵。临走，收容所弄了身中国女人穿的棉衣裤，换了我的日本式棉袍。我不知道是什么医院，反正感到很远。我不知道这是哪一路中国兵，他们没有日本兵那种三轮摩托，极少的军车也是供大军官用的。他们派一名称小刘的战士骑了一匹马，让我坐在那名战士的身后。那是一匹枣红色的马，跑起来飞一样。称小刘的战士让我从身后抱住他，以防从马背上掉下来。我战战兢兢从身后抱住马上的小刘，就吃惊地想到，无论如何，我是一名日军女俘虏，日本那样在中国作恶，中国人恨透了日本人，逮住一个，恨不得把他剁成肉泥。是女人，恨不得弄一千个男人把她奸死了。可是，自那天中国兵把我弄到收容所，并没有把我像日本兵说的那样要活剥了，也没有侮辱我，反而像待自己人一样待我。特别是今天，竟派一名战士骑着马，把我送去见一个我要见的人。真的就不怕我是一名日本女间谍，半道上把骑马带我的中国兵杀了？这简直让人不可思议！可是，像我此刻这样疑心这，疑心那，又能怎样呢？日本人把我骗到中国来，又害死了我在日本所有的亲人，我还能再回日本吗？现在我只有一条路能走：哪儿天黑，哪儿歇！

　　马跑得通体是汗，我们方才到了医院。很显然，这是一所部队设立的战时临时医院。因为看上去，所谓的医院，弹痕累累，残壁灰墙，曾遭战火：先是日军占领，后被中国夺回，墙上新刷的薄薄一层白灰之下，隐隐可见日军用日文写的"占领华中，指日可胜"的字样。

现在医院里里外外支满病床，床上全躺着或半躺半坐着伤员。医护人员穿梭般在病床间走动。带我的小刘把马拴在医院外的树桩上，一边打问，一边领着我在病床间穿行。费了好大工夫，最后有一个女护士指了指靠墙病床上坐的一个大个儿中国兵。尽管他这会儿没穿军装，可我一眼便认出他就是那天在慰安所最后救我的艾习武。我急忙走过去，两眼流泪地看着他。带我来的小刘像是向他介绍我，可是他一直摇头，意思是他并不认识我，也从来没有见过我。我这才意识到，那天在慰安所的拼杀中，我已滚翻到床下，当他用胳膊夹枪从背后刺死日兵后，自己也昏倒在地，真的没有看见我。但我真的认识他，我把他抱在怀里让其他姐妹给他包扎左臂上的伤口。我不懂中文，没法说清。突然，一种日本艺伎的本能使我在他的病床前跪下来，先是两手掌心向地地鞠躬（中国人说磕头），接着抑制不住感恩之情，呜呜地放声哭了起来。邻近的伤者和医护人员都不解而好奇地把目光投过来看我。但我和带我来的小刘都无法说清，于是小刘费周折地在医院找来一名懂日文的医生。医生猫着腰问我。我告诉了艾习武救我的经过，医生用中文转告了艾习武。这时，艾习武才说：

　　"姑娘快起来坐下说话。你说的那天在学校教室的情况是有这回事。不过，我们部队的首长说过，凡是从日本强迫过来，或骗过来的人，无论男女，都是日本叫什么军国主义的受害者，不许像日本兵虐待中国人那样虐待他们，要善待他们，教育他们。"懂日语的医生向我翻译了，这使我越发地感动。我又说了我和其他的日本人不同：我在日本是跳舞唱歌的艺人，日本人把我骗来当了慰安妇，受日本人自己的糟践。又把我才十五岁的小弟强征到中国来，在战场上被迫剖腹自杀了。因为日本发动战争，爸爸、妈妈都在长崎被美国扔的原子弹炸死了。日本没有一个亲人了，我真的走投无路了，你得像在慰安所救我一样救我吧。

我跪在地上不起来，越说越哭得厉害。艾习武个头大，心却软，最后说："我知道了你的苦处，可是，所有的事都得依照规定办。"

我也最后说了一句话："我在收容所里死等你！"

我回到收容所，接受改造教育三个月。之后，先是送走从中国抢来的慰安妇回到她们的家乡；接着从韩国、日本骗来或强征来的慰安妇也陆续被遣返回国；最后收容所和我谈话，也要把我遣返。我说："我恨日本，我在日本没有一个亲人了。我就是死在中国，也不回日本去了。"

收容所工作人员问："那你要怎么样？"

我说："我要等救我的中国兵伤好出院，跟他一起回他老家去。"

"他要是没有了老家呢？"

"他待在哪儿，我就守在哪儿。"

"你守在那儿干什么？"

"给他当妻子。"

工作人员一本正经地开着玩笑说："这你可不了解。人家老家有妻，还有一个两岁的孩子呢！"

我说："那我就给他家当用人。他现在只剩下一只胳膊，那半截胳膊是因为救我，被日本鬼子（我没想到我无意中竟像中国人称日本兵那样称日本兵为鬼子）打坏的。我要受苦养活他家人。"

工作人员最终善意地笑了。这一笑使我想到了最后的结局。

后来，就如我开始记述的那样，艾习武带我到中国西部秦岭山下二道梁上的小村里来了。

再后来，我才知道艾习武是在二十九岁还未娶得起妻子的情况下，被拉壮丁到了部队的。可是艾习武看到日本鬼子那样残忍地杀害中国人，强奸中国妇女，气得眼充血，所以打起仗来，不要命地往前冲。到王庄慰安所救我时，已是一个排长了。因为打仗有功，又因剩下一只胳膊不能再打仗，不但越级升为连长，还发饷让他回老家谋生养老。

这年是日本昭和二十年，即是公历 1945 年，我被骗到中国整整十年！

艾习武带我回到二道梁小村，父母已经去世。在艾习武走后，爸爸、妈妈等了九年，以为儿子已死，自己也先后忧愁悲痛而死。后听说是本户族一个叔叔安埋掉的。叔叔带艾习武到了墓地，我们一同跪下。艾习武对着墓下的父母说："爸、妈，你娃不识字，不会写信，可是往回捎过话，也捎过钱。娃没尽孝养活二老，也没安埋二老，娃对不起二老。娃如今回来了，还引回来一个名叫中花的媳妇，今儿也跟娃一起到坟上给二老烧纸送钱粮来了。"

艾习武说着扑爬在地，牛吼一样地哭。我见艾习武哭，自己也忍不住地哭。艾习武哭他死时没见面的爸爸、妈妈；我哭从未见过面的习武的爸爸、妈妈，也哭我在长崎被原子弹炸死的爸爸、妈妈……

一直哭了大半天。

二道梁上的茅草屋已坍塌。艾习武和我临时住在叔叔家。叔叔帮我们重修茅草屋。于是我常常站在二道梁上往落日的方向看。看一次，就哭一次。因为这里环境和我在日本京都鸭川东岸上的老家景致很相似。看一眼就想起小时候，想起爸爸、妈妈和小豆，想起被骗出国前的日子……

艾习武带我回到二道梁，办的第三件大事，是和叔叔带我去县城找了有名气的中医大夫。我在京都学艺伎时听说过中国的中医。艾习武指着我给大夫说："这是我媳妇，很想怀个娃，可是她有病，请先生开个方子治一治。"大夫问我什么病。我只摇头不说话。大夫问习武："你媳妇是哑巴？"习武说："她是外地人，不会说咱陕西话，也听不懂咱陕西话。你号个脉吧。"大夫就号了脉说："开个方子回去试试。"我试了多半年，到中国人说的皇历十月，我竟怀了胎。第二年秋天生下一个男孩。艾习武给孩子起名叫抗战。抗战长到八岁，艾习武得了地方病——出血热死了。我哭得昏天黑地，想了没前路。可这地方的人好，都劝我也都帮我。我挣死也得把抗战养大，用此来报答艾习武救命的恩情。

我从这年开始写回忆。

这年是日本昭和三十年。我已学会说些简单的陕西话。

公历1993年，有人到二道梁来调查，说抗战结束时，有一个名叫川美秀子的日本京都有名的艺伎，现在既无死亡资料记录，也没有相关去向传闻。据说，在当时慰安妇收容所时，有过登记，但那是国军（国民党军）时的事。后随解放战争及国军去台，资料不知去向。新近又有人提供线索让来秦岭山下本县二道梁村了解。说根据你已故丈夫艾习武的经历和你个人的生活习惯，似是那名失踪的日本京都艺伎。我听后只是摇头不语。同来的一个日本女记者用日语问我，我更是摇头，用陕西话说我不懂日语。调查人员最后非问我到底是哪里人？我一口咬定：我是离苏北三省交界处不远的一个名叫三岔口村的人。他们去调查，那是一个被日军用"三光"政策从地球上抹去的村庄。后来再没问过我。

28　心愿未了的安葬

　　读完奶奶最后的十多页回忆记述，我一时压抑、沉痛得喘不过气来，足足有半小时，哑口无言，也无所适从。内心的狂潮由远而近，又由近而远，奔腾狂啸，却难以倾泻，就好比火山正在喷发，突然火山口被陨石封压，从而将会导致无声的大震。

　　此时，屋外灯火通明，戏在唱，经在念，法事在做，麻将在打，而我在奶奶房内，门窗紧闭，把奶奶那一摞回忆记述的纸页翻来覆去地抚摸，一会儿抱在怀里，一会儿放在床上，一会儿又双手捧着放在膝盖上，两眼噙泪地沉思着、缅怀着，真切实在地感到，这一堆用父亲和我小时候的作业本儿背面以及用作坟场或十字路口焚烧的黄裱纸写成的回忆记述，就是奶奶慈善、沉重而苦难的一生，甚或就是永活于世的奶奶本人！于是我感到奶奶这会儿并没有躺在棚下的棺柩里，而就躺在我身边，或坐在我对面。奶奶当面又如嘱咐又如问地对我说：

　　"承儿，奶奶问你，你有没有勇气，有没有办法，让世上更多的人看到奶奶写的这些回忆？"

　　我握紧双拳，心里坚定地承诺了。

明天，就要安葬奶奶的遗体了，按规矩，父亲自然是主事者了。我和奶奶虽最亲近，但论辈分，我只听从吩咐就行。父亲又深知我和奶奶的感情，又见我近日情绪悲痛不安，就随我自行。整个安葬事宜紧张有序地进行着，而我经一番思忖，想来自己今天应有三件事须马上进行：一、奶奶这一摞回忆记述，我须当成千古圣旨一样密封存藏，在我慎重思考如何处置之前，千万不得泄露或丢失；二、奶奶多次嘱咐，她去世后，须将院里那棵樱花树移栽到她的墓前去。现在，奶奶的坟墓修在那棵樱花树旁，所以无须移栽了。但是，时至今天，只有秘密读过奶奶关于她的回忆记述的我，纵观奶奶一生，才会想到，奶奶墓前只那一棵樱花树，是远远不够的！因为奶奶虽然来到二道梁村已近七十个年头，可是院里那棵樱花树是十六年前才从县城花木市场买来栽下的，而奶奶记忆最深的，却是她小时候，长在京都东郊鸭川河岸家门前院里的樱花树和京都东南多角寺宝塔下的那棵樱花树。对了，在奶奶这一摞回忆记述的纸页里，不是就有一张这样的照片吗？如果能把奶奶鸭川河东岸上家门前那棵樱花树也移栽到奶奶墓前，从纪念的角度讲，奶奶的一生，不就更加完整了么？那样的话，奶奶的亡灵每日躺在两棵樱花树之间，俯瞰二道梁下黑河岸边风光如画的原野，忘记被骗到中国，忘记在南京以及其后在苏北的惨痛屈辱的遭遇，九泉之下，灵魂或得以安息了。假若能如愿以偿，该多好啊！可是，这可能吗？六十九个年头过去，京都鸭川河岸早已时过境迁，不知成了什么样子，人早去了，家早没了，门前那棵樱花树还可能在吗？即使在，还能移得动吗？运得成吗？这似乎太天真可笑了！不过，为什么非得那棵樱花树呢？

　　想来，可能还是有的，只要为了我的奶奶，一切可能都存在的。因为我在国内上外国语学院的缘故，及至我在那年那次西安·京都两个友好城市少儿夏令营后，仍与那名日本小朋友保持联系，还有两名我在大学的同学因工作关系常去日本，我可以拜托他们在京都鸭川河东岸奶奶老家地区（必须在这一地区）弄一棵樱花树小苗，空运过来，对应原有的那棵，栽在奶奶墓前左方。小苗代表奶奶在日本时的青少年；原有右边的一棵代表奶奶在中国的中老年。多么完整的一生！好了，想到了，立马照办。一会儿上二道梁去，站在奶奶墓前那棵樱花树下，给相关朋友打手机，让他们千方百计，无论如何，立即去办！务必在奶奶忌日之内，完成此事；三、按我们当地习俗，亡者安葬之日，灵柩抬出门后，长子孝子要跪在灵柩之前，当众哭读一纸悼念亡故老人的祭文。由于我一直跟着奶奶，感情最深，所以特例由我代父写读。但是谁又能知奶奶的真实一生？奶奶的遭遇不写不是真实的一生，写了众人一时难以理解更难接受。于是，我思忖再三，只好高度概括，含糊其辞，只要奶奶听见，我心里如愿就成。

　　第二天午后未时（两三点钟），天低云暗，突降大雪。不知是奶奶和我感动上天，还是上天怜悯悲情，知奶奶今日下葬，鹅毛样的大雪片，纷纷扬扬地落下来，宛如无数只手抛撒的纸钱飘飘洒洒，就连一棵棵光秃秃的树的枝条乱花花地披上雪，也好似为我的奶奶披麻戴孝了！

三通鼓响，奶奶的灵柩已抬出门外，置在街道一旁。孝子跪地，村里男女老少，未出外的，都来观葬。一阵唢呐奏毕，主持葬礼的礼宾先生宣布：现在由孝孙继承宣读祭文。

我走到灵前，伏地三叩，哭了几声，抹把泪，因为祭文已烂熟于心，无须手捧纸页，就直接面对奶奶灵柩，大声哭诉：

　　　　甲午冬月，祸起魍魉，我失祖母，父丧高堂。
　　　　天也苍黄，地也苍茫，泪飞顿足，断气回肠！
　　　　想我祖母，本生东瀛，家境贫寒，孝敬爹娘。
　　　　天资聪颖，气质高雅，凡中非凡，品貌堪良。
　　　　自幼勤学，苦读诗书，专修艺伎，博学自强。
　　　　鼓瑟长笛，三味线琴，舞蹈长调，样样擅长！
　　　　会馆料亭，歌舞练场，精湛表演，名声飞扬。
　　　　恪守贞洁，本色难忘，拒绝"旦那"，痛恶
　　"水扬"！
　　　　前程似锦，正待起航，突遭大难，预兆不祥。
　　　　可恶东条，贪婪天皇，军国主义，野心扩张。
　　　　侵我中华，烧杀掳掠，实行"三光"，野蛮
　　凶狂！
　　　　设立慰安，形同禽兽，祖母蒙骗，惨遭祸殃。
　　　　南京所历，人性泯灭，世间罕见，没齿难忘！
　　　　所幸战败，倭寇投降，祖母得救，安身我乡。
　　　　回望京都，无一亲人，烟波浩渺，寸断肝肠！
　　　　自来秦地，重启人生，再创家业，告慰爹娘。

上助残夫，下育儿郎，不辞艰辛，日夜奔忙。

不幸夫亡，重担独扛，万般劳苦，奋发图强！

苍天有眼，儿孙为继，事业有成，如愿以偿。

唯盼和平，两岸樱花，一衣带水，友好邻邦。

万不成想，又出海怪，参拜神鬼，再图扩张！

思前想后，深感绝望，悲愤至极，气绝命丧！

不肖子孙，垂首顿足，深感祖母，洪恩浩荡。

孙儿继承，对天盟誓，祖母遗嘱，铭刻心上。

九泉之下，祖母安息，儿孙每念，世代不忘！

　　我如泣如诉，哭得感天动地，意味深长。可是乡亲们不知奶奶早先身世，听我这番突如其来的诉说，不知所云。只是见我哭得撕心裂肺，号天跺地，涕泪涟涟，颇受感动，于是也都唏嘘抹泪，黯然神伤。

　　祭文哭诵已毕，念母亲作为儿媳对奶奶孝道，依习俗又给母亲披红挂彩。于是母亲也鼻一把泪一把地哭了奶奶一阵。但毕竟奶奶高寿，丧葬属喜，于是也都点头夸赞。

　　接下来丧葬主持高喊一声："起灵！"炮声三响，鼓乐齐鸣，在哭声一片中，十多名壮汉抬起灵柩。打纸为头，鼓乐唢呐随后，女送葬者跟着乐队，仰目垂泪，边走边哭。其后便是十六人抬着盖了像白布房屋一样的棺罩的灵柩。再后就是父亲为首的男孝子，他们身着白衫头戴孝，腰里勒了草绳，一手扶着棺柩，一手拄着缠了纸条的孝棍，一步一号啕地往前走着。我紧随父亲身后，泪已哭干，声已嘶竭，夹在众生哭丧声中，沉思默想，感慨万端。

一路送葬队伍，浩浩荡荡，向二道梁上慢慢地行进而去。

　　到了墓地，孝子亲属跪地，燃起烧纸，片片纸灰黑蝴蝶似的在空中飘飞。待纸燃尽，我看见奶奶的灵柩被下进墓坑，我曾在那坑里读过几百页奶奶的回忆记述。之后，众人开始往墓坑里挥锹填土，我便移目至那棵落满白雪的樱花树，快速回忆奶奶一生，直到扭头看见已堆起的半人高的墓冢。

　　奶奶安葬之后，父母及妹妹去了县城。我因心情沉重，精神恍惚，请假一月。开始为奶奶守坟三天。每夜在奶奶坟头燃起蜡烛，在那棵樱花树枝干上挂起灯笼。我时而慢步徘徊，时而在那块青石磴上沉思静坐，回忆奶奶一生，浮想联翩，沉思以远。

　　半月以后，那棵樱花树苗从日本空运而到。我亲手把它对应那棵原有的樱花树栽种在奶奶墓前左方。

　　事假未到，我如奶奶生前每天一样，漫步走上二道梁，坐在两棵樱花树间的青石磴上，和奶奶一起俯瞰二道梁下酷似奶奶少时故居一样的河边景致，想着那桩奶奶重托之事：

　　如何把奶奶写的这一摞回忆记述公之于世？

罚

一

中午饭时节，辛牛老汉下地回来，穿过没有门楼的院门，走过堆满捡来准备盖柴房的废砖、废木料的院子，正要进屋，伸手推门，却听见儿媳妇麦芹在门内小过厅里高声说：

"你要有那点志气，早就成了人了！"

辛牛知道那是儿媳说儿子坎坎。可是辛牛进了门，并没看见坎坎，只见儿媳麦芹独自坐在小过厅的机凳儿上，哭丧着脸，双手托着腮，眼泪穿过脸颊，从指缝里流出来。

"麦芹，"辛牛问，"你刚才说谁没志气呢？"

没等麦芹答话，伙房里突然"嗵"的一声响，就像谁在里边剁鸡块。辛牛还没反应过来咋回事，麦芹就倏地从机凳儿上冲站起来向伙房跑。辛牛见状也跟着向伙房跑。辛牛刚跟到伙房门口，麦芹又出来向睡觉的房子跑。辛牛进了伙房，见坎坎靠案板墩儿蹲在地上，右手攥着左手，血像蚯蚓从指缝里钻出来。辛牛抬眼看，案板边儿放着菜刀，刀刃儿上染着血。辛牛低头看，地上一摊血里是半截手指头。辛牛头顶像挨了一闷棍，差点栽倒，一句话没说出了伙房。

辛牛知道儿子坎坎刚才给麦芹发誓的话了。唉！刚才不该问儿媳有志气没志气啊！可是……辛牛老汉想到院子里去哭，刚要走过儿子、儿媳睡觉的房门口，麦芹却急慌慌地出来，手里拿着创可贴、一只口罩、一疙瘩细线绳绳。

"包啥呢！"辛牛说，"咋不把两个手都剁了呢！"说着，就到院子哭去了。

伙房里，麦芹一边流着眼泪给坎坎包扎手，一边苦口婆心劝坎坎：

"你好歹也三十多岁的人了，咋就忌不了性呢？真把心叫猪吃了？狗咬了？大伯、二伯已做不了活了。爸也老了。蛋蛋刚上学，二蛋还在幼儿园，全家人眼看着日子过不下去了，你还把家里一点称盐灌醋的钱都偷去抽了，拿针管扎到你狼心狗肺里去了。你还叫全家人活不？你把指头剁了，咋不把头剁了呢！劳改场那么大，你咋不去呢？光守在家里害人呢！"

"我知道我害你、害娃、害老人、害全家，"坎坎说，"可就是忌不了，瘾犯了，难受得恨不得叫人家拿砍刀把我头剁了！你也知道，我去所里也好几回了，人家就是光罚钱不收人。你知道，去年交了钱，在戒毒所待了半个月，一回来瘾又犯了。麦芹，这回你记住，我再忌不了，我自己真把头割了。"

"这话你说了八九年，狗改不了吃屎么！"

"这回我保证，再忌不了，真把头割了。"

"妈妈。"蛋蛋放学把二蛋从幼儿园带回来了。麦芹急忙站起来要出伙房往小过厅走，蛋蛋却已跑到伙房里来了。

"妈，"蛋蛋看见坎坎的手，怕了问："爸爸的手怎么了?"

"爸爸在院里劈柴，不小心把手指头伤了。"

"刚才爷爷在院里哭。我问，爷爷说想我们哭呢，没说爸爸把手指头砍了。"

"爸爸劈柴那会儿，爷爷还没从地里回来呢。"

麦芹剜坎坎一眼。坎坎倏地站起来。

"对对，"坎坎连忙应和说，"妈妈说得对。"

"蛋蛋，快叫你大爷过来吃饭。"

麦芹把蛋蛋支走了，连忙把地上被血染模糊了的手指头装进小塑料袋，放进了陈旧破烂的小冰箱。

"还不赶紧撂了，"坎坎说，"放到冰箱里干啥，县医院又没有断指再植的技术。"

"我叫你长些记性!"麦芹说，"不为这，头割下来我都喂狗了! 快走，赶紧到村里医疗站去。"

二

那天蛋蛋把大爷爷辛房叫过来吃饭。辛房从小耳聋口哑，但心明眼亮。砌锅灶、盘火炕、造火炉的绝活儿全县没一个人能比。但因残疾终生未娶，如今老了，吃眼角食了。

辛房一看见坎坎包着手，两口子正要往外走，就知道咋回事，合起眼，不忍看，用手比划着让两口子快去医疗站。麦芹却让坎坎先走，自己给大伯舀了两碗连锅面，让大伯给二伯辛地端一碗，接着给蛋蛋、二蛋盛好饭，就到医疗站去了。

辛地幼时小儿麻痹，十岁学架拐，十六岁开始在通公路的村口搭起个棚棚摆醪糟摊儿。来往喝醪糟的各色人等，天南地北地谝闲传。于是，辛地也"秀才不出门，广知天下事"了。但和老大一样，也因瘫而终生未娶，如今老了，瘫在炕，同样吃起眼角食了。

辛房把碗放在辛地面前，用手比划着告诉辛地：坎坎把手指头剁了。辛地看着饭碗摇头不忍吃，合起眼，流着泪想事儿。

下午，辛地让老大辛房把辛牛、麦芹叫来商量办法。辛房靠墙蹲在地上，察言观色看大家说事。

"麦芹，"辛地看着侄媳妇麦芹说，"咱这个家实在地委屈你了。叫你受苦受罪受难场了。辛家上辈子造孽，这辈子遭报应。坎坎吸毒八九年，光景抽完不忌性。我看这回把手指头剁了也改不了。咱得想个法儿。依我看，有两条道儿能走：一条公家，一条自家。不管咋，得挖根儿。这吸毒、贩毒嘛，就跟瘟疫一样，传染呢。十年前，咱这村里，还没一个吸的，更没一个贩的，可自村里麻有印他儿麻得财做生意跑了几趟云南，回来是又抽又贩。就十来年工夫，咱这不到两千人的村子，十多个贩的，六十多个抽的。公家知道不？知道！管不管？管！咋管？抽多抽少，贩多贩少，一个字：罚！你抽么，你贩么，先把你抓到所里，通知家里，交钱放人。因而，只要不坐牢，不劳改，不枪毙，房拆了，家当卖光了，瘾犯了，不抽还是过不去。就说村口瘸瘸，跟我一样。我瘫了，不能动了，人家还年轻，还能架着拐走。人家贩那东西，大房盖了六间两层子。公家躲不过，罚多了，罚重了，夹起双拐，坐到所里门口，老大的声音浪号叫：'要命一条！想多罚钱没有！你公家干脆把我送劳改场。'所里想，你想得好，把你送到劳改场，你逃了罚，在劳改场干不了活，我们少一份收入，国家还得管你吃喝，便宜你事小，你媳妇撂到村里还成了社会问题。再说，法不制众，一个村抓走六七十，县上光彩么？就算一个村抓十名，全县两百多个村，劳改场得修多少个？咱坎坎过去多好的娃，得财为卖他的货，开始不要钱地让他抽！抽！抽！抽上瘾了，坎坎反而寻他要，把不要钱的本钱几十倍地捞回去。因此上，要断坎坎的瘾根儿，靠公家这条道儿走不通，得靠自己治，得像医院隔离传染病一样把坎坎和村里那些抽的贩的这伙狗日的烟鬼隔开。"

"二哥，"辛牛问，"你的意思，是在咱家腾个黑房子，把坎坎锁到里头？"

"这不行。法律上有规定，叫'非法拘禁'，先关别人的人自己后被关。"

"你公家光创收罚钱，我管我家娃还不行么？"

"你家娃也不行，都来各关各的娃，所里罚谁去？没啥罚，楼咋盖，福利拿啥搞？再说，咱自家把坎坎关到黑房子，坎坎瘾犯了，上了吊，喝了毒药，咱们还犯了逼死人命罪呢！这是死法儿，咱得用活法儿。"

麦芹问："二伯，那你说啥是活法儿？"

"调虎离山。"辛地说，"麦芹跟着庙会去摆地摊儿。咱这县，从正月初二到忙口，从收完玉米到种上麦，庙会不断。

麦芹她娘家哥在云南捣腾玉，给麦芹弄些小挂件、小饰品、小零碎。坎坎会开车。听人说二手车市场两千元就可以买个小面包。每天早起让坎坎把麦芹拉到庙会上摆摊儿，钱也挣了，会也逛了，和村上这些狗日的烟鬼也隔离了，一举三得呢。这样时间一长，兴许毒戒了，还不丢脸面。麦芹，你说行不？"

麦芹点点头说："行么。"

"老三你说呢？"

辛牛也点点头说："能行么。"

辛地、辛牛都看看老大辛房。

辛房也看样儿点点头。

三

这是文化古会，实际也就是庙会，只是多了赶旱船、跑竹马、广场舞、扭秧歌、唱大戏、放花炮、锣鼓队、独竿秋等文化娱乐活动和小吃、服装、百货、农具及各种农副产品等等。

九点多钟，坎坎开着小面包，拉着麦芹，带着要卖的小饰品、小零碎，赶到八里路外的庙会。大戏已开演。演的是折子戏《打柴劝弟》《三回头》和《三娘教子》。实际没有多少看戏的，都到场外看表演、游小摊、吃小吃去了。坎坎把车开到剧场外，和麦芹一块儿支好摆小货的床板，搭好挂小饰品的货架后说：

"麦芹，摊儿摆好了，你先卖着，我去看个戏。人常说，高台教化人呢。听说上午演的全是教育人的戏，就让我去接受接受教育。"

麦芹说："你走了，我一个人咋能顾住摊儿？今儿会大、人杂、小偷多，一个人顾了卖货顾不了收钱，顾了收钱顾不了看人。你不要走。"

坎坎沉下脸没走。

一个小时后，麦芹正卖货，坎坎说，麦芹，你一个人先看着，我尿憋了，寻个地方尿泡尿。麦芹说，你去。实际坎坎瘾犯了，又知道庙会上没人敢来卖大烟，就想着先买包纸烟临时扛扛瘾。于是就跟疯子似的磕男撞女地在会场乱跑着寻了两圈儿。然后骂，日他妈！卖他娘×的都有，就是没个卖烟的。正骂着，忽然偏头看见不远处的庙门前支着浴缸样大的生铁香炉。求神拜佛的人一个接一个磕头又烧香，偌大庙门前，香火旺盛，烟雾缭绕。坎坎一望见那情景，似乎嗅到了烟味，疾奔过去，站在香炉前，把脸凑近香火，挤着眼，张大鼻翼，肩头一耸一耸地猛吸。神头见状过来喊：哎哎哎，要敬香过去跪下，不敬香走开，别挡住庙门。神头正说，就过来两个男人，一边嘴里骂着"神经病！"一边把坎坎推出了场外。

坎坎被推出了场外，想着不能让麦芹疑心，一泡尿乳牛似的尿了老半天。该回摊儿上去了。可是正要走，就听旁边有人喊："坎坎！"

坎坎一回头，见是村口瘸瘸、得财、黑头三个人站在一起。

"哎呀，坎坎长出息了。"黑头说，"为戒毒把手指头剁了。"

"呙算个怂志气！"得财说，"叫我说，一个大男人，叫媳妇整得剁指头，那还不如把男人呙东西剁了当女人！真是羞先人呢！"

坎坎不吭声，低头就要走。

"哎！哎？"瘸瘸说，"坎坎，今儿你走不成。人常说：杀人偿命，欠债还钱。你五次拿我货，不加利也五千多元呢，你想一走就了了？"

坎坎赔情说，"我最近确实没钱，等我和麦芹挣下了给你。"

"这话你说了几次了？"瘸瘸说，"我们再没法相信了！"

"这回我保证！"

"凭啥保证？"黑头说，"坎坎，明给你说呢，那五千元里也有我和得财的份子呢。瘸瘸腿不行，我和得财拳脚可不讲情面。"

"一个月内不还你们钱，"坎坎说，"我把头剁了！"

"咦？你把头剁了，躲到阎王爷那儿去了，难道我们到阎王爷那儿寻你去？"黑头说。

"对着呢。"得财说，"看在你大伯、二伯残疾分儿上，你把你的保证写到纸上。你去阎罗殿，我们拿你媳妇麦芹抵账，一人三个月，麦芹奶大、臀大、身子白，值！"

坎坎想哭："没笔没纸我咋写？"

黑头掏出纸烟盒，抽出最后一根叼在嘴上，烟盒撕开拿在坎坎面前，命令似的说："写！没笔咬破指头写！"

坎坎看看黑头，又看看得财和瘸瘸，各个气势汹汹的样子，不写这坎儿过不去，一横心就咬破右食指，在烟盒上写下九个字：

一个月不还钱割了头。

坎坎回到地摊，麦芹问你到哪儿尿去了？你能尿一涝池么？这长时间！一边问，看坎坎一眼，见坎坎食指上的血痕，接着问，你手指头咋了？

坎坎说："到地里去尿，惹起一群蜂，手吆蜂碰到野枣儿刺上划破了。"

麦芹深深皱起眉。

四

坎坎每天心不在焉地拉着麦芹摆摊近一月。农历四月底一天拉着麦芹去王庄赶庙会，差百十来步就到了会场，忽然看见黑头、得财和瘸瘸三个在会场边儿一齐朝他的小面包车盯了一眼，就隐没到人群里去了。那情景分明告诉坎坎，今儿他们在那儿等着他呢！坎坎见这情景，就想起他在纸烟盒上的保证到了时间了。这一想，心乱了，车停了，想着法儿得躲开。麦芹问，停车干啥？坎坎又说，尿一下，到了会场，尿尿的地方不好寻。麦芹说，去迟了，好位置叫人家占完了。坎坎说，那也不能叫尿把人憋死么！不容分说就下了车，走进麦地，在一个坟包后边蹲下了。过了二十多分钟，麦芹等急了，下车喊。坎坎不应声。麦芹朝着坟包边走边喊。坎坎从迎春花枝条缝儿看见麦芹走过来，急忙站起来。麦芹问，你又不是尿黄河，咋费这么长时间？坎坎说，今早不知喝多了，还是尿道发炎鸡尿病犯了，咋都尿不出来。麦芹问，你又不是女人，咋还蹲着尿？坎坎说，本来要尿，脱裤子时又想拉了。麦芹跨前一步说，叫我看你拉了多少？坎坎说，看啥呢，今儿就是怪了，想尿尿不出，想拉拉不下。走，快到会场占摊儿去。

到了会场，刚摆好摊，坎坎又急着说，麦芹，今儿真是叫鬼麻蔓住了，刚才地里尿不出，这会儿憋得尿裤子。麦芹剜坎坎一眼，就扭头看摊儿。

坎坎朝着刚才黑头、瘸瘸他们隐没人群的反方向走了百十来步远，正要拐进一条小巷找个茅房躲，忽听黑头从一个卖豆腐脑儿的摊儿上站起来，冷嘲热讽地亮着嗓儿说：

"坎坎，刚才在麦地躲了半会儿，这会儿又想到哪地方躲去？欠债不还能躲过去么？躲过初一能躲过十五么？记着你在纸烟盒上写的日期么？"

真冤家路窄！

"记着记着，记着呢。"坎坎说"我正想着办法呢。"

"正想办法？"得财把正吃的豆腐碗往小桌上咚一声放，豆腐脑真像脑浆一样从碗里荡出来。接着站起来说，"瘸，把坎坎用血写保证的烟盒儿拿出来，叫麦芹他男人看看时间。"

"不看了，我记着时间呢。"坎坎说。

黑头说："记着时间就好。咱把话说清了，到了今黑咧，你若再说话放屁，我们不割你头，割头要枪毙。剩下两条路：一条，麦芹一个女人一堆货，能超过十张烟盒上的数；二、一杠子下去，叫你变得跟瘸瘸一样。瘸瘸小儿麻痹后遗症，还剩下半拉腿能动。你到时候怕要两手抓个小凳儿往前爬着走！"

坎坎心怯了，哆嗦着嘴唇说："我马上想办法！"

黑头说："快到麦芹摊儿上想办法去，再甭到墓子疙瘩背后想办法了。"

坎坎到了摊儿跟前，双手叉腰对麦芹说："我不干了！"

麦芹问："又咋了？一泡尿尿得不好了？"

坎坎说："我给你干了一个月，你没给我发一分钱工资！"

麦芹又气又吃惊："啊？你给我干了一个月，那我是给谁干呢？谁给我发工资？"

"你爱给谁干给谁干，谁爱给你发工资就给你发工资。反正我把你拉到会上，你就得给我发工资！"

麦芹气极了就反问："那我问你，谁养娃？谁养老人？难道娃是我一个人的娃？老人是我一个人的老人？你说的这是人话么？"

"你甭问我这些。我不是人，说的自然不是人话。现在我只问你一句，给我钱不给？"

麦芹问："你要钱干啥？生意刚做了一个月，本钱回来还差得远呢！"

坎坎说："要钱还账。我不管本钱不本钱，你只说给钱不给钱？"

"没钱。"

"没钱不干了！"坎坎说完最后一句，上车一踩油门走了。

麦芹扑地坐下哭了。

五

麦芹雇了人力三轮车，将货往回拉，一路走，一路哭。到了院门口，她的哭声突被院内传来的牛吼一般大的哭声镇住了。不是大伯辛房的哭声，二伯辛地不能从炕上下来。麦芹压住嗓子，慌忙把货先下到院内，打发三轮车走，接下来奔过去，跪到辛牛跟前劝：

"爸，别这么难过了，别把身子哭坏了。坎坎他不开车拉我赶会了。往后我自己蹬个三轮儿去赶会，大不了起个三更半夜的。"

"不，"辛牛突然停止了哭，先吃惊地看麦芹一眼，接着哭诉起来，"麦芹，爸也不是完全因为他把车开回来哭。这狗日的做下的事已经完全不是人了。这个家真要散摊了，再没法过了。麦芹，你是好娃，进这家门受尽了苦。可坎坎这狗日的没救了。你跟爸再受苦都不管用了。走吧，重寻个人家吧。再不走，累不死，也得愁死、气死！"

麦芹吃惊地看着辛牛，仿佛大祸临头，遇了灭顶之灾，眼泪都吓了回去，心惊胆战地看着辛牛问："爸，坎坎又闯下什么大祸了？"

"祸也不是天塌地陷杀人灭种的大祸。"辛牛说，"可这事就不是人做的事。上午爸从地里回来，给蛋蛋、二蛋和你大伯、二伯做饭。可一进门就吓了一大跳。家里被翻得比贼偷了、土匪抢了、公安局挖地三尺搜查了还乱。爸的心一下急慌了，先到你们的房子看，箱箱柜柜打开了，包包蛋蛋解开了，褥子被子掀起了，衣裳枕头抖乱了，一看就是被贼揽包了。可不知道都偷了啥东西。没停就到爸的房子看去了。结果连炕上的席片都掀起了。真是旮旯缝缝、老鼠洞洞都翻腾遍了。一看这阵势，爸就断定这绝不是外来贼。晴天大白日，你大伯、二伯还在家，虽说这村里烟鬼毛贼多，可都知道咱家穷得没啥偷，不值、也不敢费这长时间细翻腾。这一想，就想到了坎坎。一想到坎坎，马上又想到爸在柴棚棚角儿藏的那点积攒了十几年的救命钱……"

"爸，"一直只听不插话的麦芹问，"你大概几点从地里回来？"

"大概就是学生娃放学前一小时。咋回事？"

"坎坎刚把我拉到会上一会儿，就问我要钱，我说没钱，就撂下我开车回来了。"

"看！看！麦芹，一开始没疑心坎坎，想着坎坎和你在会上。麦芹，你不知道爸积攒这点钱花了十几年的时间啊。在你还没到这家里来的前五年，想到这个家，三个老人两个残废，坎坎自小不争气，将来咋办？因而除了过不过去的花销，就悄悄儿积攒。有一分，攒一分；有一毛，攒一毛；有一块，攒一块，三四年攒了半麻袋，分几回兑成整的，半麻袋兑了六七百元钱。十几年零换整换了五千多块钱，到今上午还有一堆零钱没兑换，和五千元整的。麦芹你知道爸斗大字不识一个，也不敢到存钱的银行储蓄所里去存，一齐藏在爸从废品站捡回来的一个铁匣匣里。坎坎偷钱，就跟老鼠偷油一样。铁匣匣没处放，爸就在房后柴棚角儿挖个坑，把铁匣匣藏到坑里，上面再垒些烂柴火。谁料上午到柴棚里一看，把爸吓得、惊得两眼发黑，浑身发晕，险乎儿栽倒。麦芹，你不知道，为积攒这点家里防备万一急用的救命钱，或是到了揭不开锅时供蛋蛋、二蛋上学，十几年来，爸连一个糖棒棒、一个花生豆儿都舍不得买着吃啊！感冒头疼拉肚子，宁可自己死了，也舍不得花这点钱看啊！麦芹，你说坎坎一分不剩地都偷了去吸毒，他咋能搜腾到柴棚角儿去啊！"

"爸，"麦芹又气又恨地哭着说，"坎坎在家偷钱成性了。他常常偷着翻我衣裳口袋，掏腾偷我包儿里的钱，打闹多少次，瘾犯了照样偷。你柴棚儿里的钱，可能是你哪次放钱时没留心，让他偷着看见了。这几天向我要钱要得急，说还啥账。今上午到会上，老远看见黑头、瘸瘸、得财他们几个，躲到麦地假装尿尿不敢出来。到了会上，又冤家路窄，碰见黑头他们。回到摊儿跟前，就要钱，没给钱，就开车跑回来在屋里胡翻腾。爸，人染上毒，就不要脸了，啥事都能做得出来了。"

"因此说，"辛牛借题劝麦芹，"坎坎是掐住鼻子都救不醒了。你若再不离开这个家，非气死、挣死不可。如今你的心不能太像豆腐，太像菩萨，为娃、为老人把心操烂了。你就是离开这家，老天爷也不会怪罪你。从去年到现在，你同学、你好伴儿都劝你，在这屋里守啥呢！除了熬死，有啥盼头呢！到头还是一死。你总说，撇不下娃，撇不下老人。麦芹，听你同学、听你伴儿，也听爸一句话，赶紧离开这个家。你走了，蛋蛋、二蛋还有个亲妈活在世上，爸还有个儿媳在世上，你也不会把娃、把爸忘了。你若气死、熬死在这屋里，娃就根本上没你这个亲妈了。再说，这家里三个老人没一个是你真正的老人。你真正的老人是你娘家爸和妈。你气死挣死在这屋里，你亲爹亲妈就是白发人送黑发人，受得了么？就是爸，在这屋里和你一样，也是个外来户呢！"

麦芹惊住了："爸，你说啥？你咋不是这屋里的人呢？"

"这村里知道这事的老人已经不多了。爸本来姓南，家在深山老林，爹妈就生了我和姐两人。姐出嫁后，二老先后去世。爹临下世淌着眼泪说，娃，山里太穷，快出去找个人家当个上门女婿去，你有力气，也肯受苦。爸来这屋里，改姓辛，辛苦了一辈子，可老天爷不睁眼，生下坎坎这孽种，抽大烟把一个家抽毁了。"

麦芹放声哭了："爸，这是命，我认命哩。我就是撂不下老人，撂不下娃啊！"

辛牛再没放声哭，泣涕涟涟说："娃，你就是太命苦了，心太软了。不过，咋说这屋里得出去一个人。你不走，坎坎就得走。你撂不下娃，坎坎就得离开。这样吧，后晌再和你二伯商量，看还有啥办法。"

六

吃过中午饭，辛牛找老二辛地商量。辛牛说："二哥，你说的'调虎离山'没调成，虎没离山，反过来吃自家人了。狗日的把我几十年受尽难场攒下的救命钱，分文不剩地偷去抽大烟了。这虎不关到笼笼去，全家就完了。"

辛地问："你忍心？"

辛牛说："不忍心锯腿，就得忍心割头。"

辛地说："唉，手心手背都是肉啊。不过为了蛋蛋、二蛋，为了留住麦芹，就得先把坎坎关上几年，兴许能教乖了，家也保住了。"

辛牛问："你有办法？"

辛地说："试试看。我在公路口摆醪糟摊儿时，结识了法院一个法官，论起来还是辛家一个远房亲戚呢，是专门给犯人判刑送劳改的。咱下午去求拜求拜他。"

辛地说了，辛牛就蹬了人力三轮车，把辛地拉到法院门口，自己去法院找见了法官何理治，说："我是辛地他兄弟辛牛，我二哥找你有事，在门外等着哩。"

何法官和辛牛一起出了法院，来到三轮车跟前。辛地伸出右手和法官握着，左手提起一个布兜说："理治你好！几年不摆摊儿了，腿脚又不行，好几年没见了吧？今儿老哥有事相求，你先把这烟抽上，酒喝上，黑咧再随便吃一顿农家乐……"

何法官急了说："老哥，赶紧把你的东西拾掇了。你是寻着砸兄弟的饭碗呢！别说现在反腐倡廉，风声紧，就是没反腐，凭过去的关系，能办的事我能不办吗！过去路过你的醪糟摊儿，又喝醪糟，又谝闲传，十几年你收过几回钱？走，我把你背到里边去，你一边喝兄弟的好茶，一边说咱的事。"

辛地说："不了。一个法官，背个瘫痪，叫人不知弄啥呢。牛，把哥拉到大门旁边花坛跟前去，让咱法官坐花坛砖台台说事。"

何理治和辛地、辛牛一起到了花坛跟前，和辛牛都坐在砖台台上。何法官开门见山说："老哥，说事。"

辛地说："找你来，是没法儿的法儿。哥那个家你知道，两个残人，一个上了年纪的兄弟。侄儿坎坎不争气，抽大烟把家抽得快散伙了。家里办法想尽了，坎坎自己把手指头都剁了，可剁了指头剁不断烟瘾，最没治的是村里那伙烟鬼把侄儿的魂勾住了。侄媳妇麦芹是个好娃，不把侄儿关到笼笼，侄儿媳妇就留不住。侄媳一走，这个家就垮塌了，散伙了。"

何法官问："你啥意思？"

辛地说："你不是在法院管给犯人判刑么，你好歹给坎坎判几年，送劳改场，这家就保住了。"

何法官说："哎呀，老哥你这就外行了。法律程序你不懂，法院要判刑，得检察院批捕，公安局逮人，移送检察院，检察院再起诉到法院，法院才判刑。法院和公安隔席搭不上话，不能直接伸手向公安要人判刑么。"

辛地说："我咋不懂？我们来是请你给公安说说情，让公安把人逮了。没人说情，自家不行。坎坎投过案，我兄弟也找过所里、队里、局里，可人家只罚钱，不逮人。就想着你给犯人判刑，你给公安上说句话，求个情，比我们跑断腿都管用。"

何法官笑着摇头说："哎呀，原来是这事，老哥啊，这个情，说不成。一来风紧，上级纪律，严查办案说情。再者，不严查，我也不说。这个事，咱两个在你醪糟摊儿上喝醪糟都谝过。就咱这个县的具体情况而言，像坎坎这样的都判刑，那只为咱们一个县，修建一座全国最大的监狱和劳改场，关也关不完，劳改场也容纳不下。我把真实情况告诉你，我在法院刑庭十五六年了，还没因为毒品犯罪给劳改场送过一个犯人呢！说实话，县上打击毒品犯罪决心也很大，但基本的、最得力的措施只能是一条：罚！县上的政策是：加大罚的力度，罚得你倾家荡产、家破人亡，直到你连锅都揭不起，饿得你躺炕上坐都坐不起，看你还哪儿来钱抽！"

辛地哭笑不得地绝望道："唉，好我的兄弟呢，好我的法官呢。指头剁了都不管用，罚能管用吗？你真的不知道吗？你有一二八，我有三六九。你公家只有一个能耐：罚！我有十个办法对付：我能偷，我能抢，我能骗，还能杀人。我侄儿就是把我兄弟积攒了十几年的救命钱都偷去了，没办法，才来求你。结果你也是法儿他娘把法儿死了，没法儿了啊！"

何法官无奈道："老哥说得对，就像有人说的，现在的腐败几乎是全民腐败。毒品也一样，得举国行动，靠我何理治，还真是法儿他娘把法儿死了！"

七

辛牛把二哥辛地从县法院门前拉回来，两个人坐在辛地的炕头上，和老大辛房一样哑巴了似的嘴里说不出一句话，眼里只是汩汩地往外滚着泪，心里默语着：完了！完了！没治了！真是法儿他娘把法儿死了！没有法儿了！

兄弟两个正无望地淌着泪，坎坎跑进来，跪在辛地炕脚地，头捣蒜似的碰地磕头。

辛地急问："坎坎你怎么了？"

坎坎一边磕头一边说："谢谢二伯！谢谢二伯！你娃坎坎一会儿就去找何法官，让他把我送进劳改场。"

辛地问："谁给你说的？"

坎坎只管头捣蒜地磕头说："谢谢二伯！谢谢二伯！"

辛牛说："你二伯也是为了这个家，是好心。你要是忌了性，改了，你二伯何必去找何法官！"

"爸，"坎坎说，"坎坎娃我是忌也忌不了，改也改不了了。只有何法官把娃送到劳改场才能把娃病治了。"

辛牛气得浑身发抖，下了炕，流着眼泪一把拉起坎坎说："坎坎，你好歹长些人的心行不行？你伯、你媳妇容易么？你还嫌两个娃不可怜么？你真要把全家人怄死了不成嘛！"

何法官拒绝说情把坎坎判刑送进劳改场，反而让坎坎抓住对他无之奈何的把柄，于是变本加厉，更加肆无忌惮地猛抽起来，抽得昏天黑地，债台高筑。黑头、瘸瘸、得财几个整天提着剁头的斧头跟着屁股要账，坎坎只剩下卖房，卖娃，卖媳妇了！

来年春天，在往昔罂粟花开的日子，全县政法工作会议召开了。会议主旨是总结过去一年的工作，安排新一年的工作。领导在总结上一年工作时，特别表彰了本县在打击毒品犯罪方面取得的显著成绩，说：我们去年在打击毒品犯罪方面，取得了优异成果。实践证明，加大处罚力度，确实是行之有效的方法和策略。不仅严厉打击了毒品犯罪，而且加强了法制，体现了以教育为主，治病救人的目的，达到了从思想深处彻底根除犯罪心理的效果！今天，我们将给有关方面以表彰奖励，以促进再接再厉，进一步在"罚"字上狠下功夫，再加大力度，做大文章，在新的一年里，取得更加优异的成绩！

会场一片热烈掌声。

会议最后一项是颁奖。所长王有策上台领了一张镶镜框的奖状。

王所长拿着奖状，兴冲冲回所里。他走到大门前，情不自禁地拿出镶镜框的奖状，双手捧着，其分量还真有点沉甸甸的。王所长看看奖状，又仰头看看新盖的办公大楼，心里颇有一番感慨，甚而感动得眼里噙了泪水。他细心想来，突然悟出一点无法言及，也绝不敢道出口来的感念：感谢烟民！

王所长心中刚闪过一丝感慨，突然手机响了。王所长一手扶着奖状，一手掏出手机：

"喂？我是王所长，什么？"

电话是所里今天值班的高警长打来的。高警长在电话里说，上午在辛家庄以西树林里发现了一具身首分离的死尸。死者头被砍掉，身上有一张写在纸烟盒背面的留言："我是坎坎，吸毒成瘾，难以戒掉，活着没有意思，对不起全家人了！"现在，刑警队正在勘察现场。

王所长一惊，手里头的奖状"咚"一声落地，玻璃摔得粉碎。王所长慌忙捡起碎了玻璃的奖状，跑上楼，放下奖状，就赶往案发现场去了。

　　王所长赶到现场，刑警勘察现场已毕，暂时还很难得出结论：就写在纸烟盒上的遗言看，像是自杀；可是就致死伤情看，用斧头或砍刀猛地一两下就砍掉了头，说是自我而为，却实在令人难以置信……

最后的遗嘱

姐姐从国内老家打来越洋电话，说父亲病重住院，要我立即回国。我迫不及待请了假，购了由美国旧金山飞往中国上海的海航黄金班次，带上爱妻和孩子，立马登机回国。

　　父亲今年七十三岁了，中国有句谚语：七十三，八十四，阎王不请自己去。这令我非常焦急和担忧。况且，我已有八年时间没有回国看望父亲和家人了。这期间，我在国外是既结婚，又生子，而且妻子还是个美国姑娘，这也实在违背常理了。但是老人都望子成龙，父亲坚持说，只要我在国外一心一意把事情做好、做大，即使十年不回来看他，做老人的也心里踏实、高兴。为了弥补这方面的缺憾，我经常与家里联系，比如和妻子结婚，寄照片和录像，父亲看了都喜出望外，甚至断言：儿媳虽然是个美国姑娘，但看上去很像个华人的种，因为你看那脸相和神情，虽具洋味，却很有点中国古典美的韵致呢！特别是我那宝贝儿子，可以说，从刚一出生，父亲就从照片、录像、微信上看着长到五岁。父亲是个专门教授中文的高级教师，既讲文明，说话又特别考究用词，可看着宝贝孙子的相貌，却言不由衷地说了句不雅的俗话：

"好！好！嗯——好！生物学上有句话叫'远缘杂交'，必然生出优良品种。看来人也一样。瞧我孙儿，中美黄白杂交的混血儿，还真是个具有中国特色的洋娃娃呢！"难道父亲不知"杂交"一词是专门用于动、植物的吗？

可是多年以前，父亲这位搞中文的和一个"洋"字简直是你死我活，不共戴天！比如：父亲去买菜，卖主要把土豆说成"洋芋"，白送也不要！谁要不给父亲说借盒"火柴"，而说借盒"洋火"，父亲非但不给，心里还骂人家：你个洋鬼子日的！

这是多么的偏执！

飞机在美国当地时间上午十一时由旧金山起飞，一路追着太阳向西而去。这给心急如焚的我的感觉就像要绕地球飞一圈似的漫长。妻子举着本英文杂志在看。儿子是第一次坐飞机，很好奇，就像进入了童话世界，经历着一次神奇的太空漫游，不时趴在舷窗往下俯瞰大洋，脑海里生出无尽的奇思幻想。我曾用英文给儿子讲过《西游记》里孙悟空大闹天宫的故事。儿子此刻的感觉，就像坐在云端正在飞往天宫一样。而我这时的全部思绪一直沉浸在父亲病重住院的情景中。十多个小时之后，我们就会看见父亲。这也是父亲第一次面见儿媳和孙子。我想，父亲的性格是那样的偏执和古怪，首次在病中看见一个蓝眼睛的外国儿媳和一个高鼻梁的混血孙子，将是怎样的一番场景呢？因为我此时的思绪就像时而展翼在万里晴空、时而穿行在朵朵白云中的飞机一样，浮想联翩，于是勾起了一连串有关父亲古怪、偏执个性的逸事来。

这次回国的主因虽是父亲病重住院，但实际上还因为姐姐在电话里说了两个让我非常费解的话题：一是说，父亲退休那年，特意请人制作了一只小铁匣子，里面不知藏了什么宝物，然后加锁，说这是他留给后世的最弥足珍贵的遗产。家人问是什么？父亲只笑不答。姐姐笑着追问，这遗产有没有她的份？父亲笑答：这宝物虽珍贵，但对你没多大用处。姐姐追根究底到底是什么？父亲显得很神秘，说当他作为遗产公开的时候，大家就都知道了。姐姐在电话里说的第二件事是：自父亲住进医院，最纠结、最急于完成的事，就是写一份关于他去世后家产继承的遗嘱。姐姐说，她早已出嫁，而且日子也过得富有，她不要继承什么遗产，坚持全给弟弟。而我更是无所谓，因为我在美国的妻子家里也很富有，并在旧金山购了房，所以全部遗产应该给姐姐才是。可是父亲是个老传统，而且极固执，非要儿女都继承家产，说这是做父亲的原则。于是父亲从住院起，就要纸、要笔，日夜琢磨写遗嘱，斟字酌句，今天改过来，明天改过去，比他当年教书备课还认真百倍！并说必须赶在他去世之前，要把遗嘱当面交给姐姐和我，才能死而瞑目。姐姐说父亲会很快康复，康复后会长命百岁。父亲却说：我虽固执，但对待生死，却很达观。自古人说，五年、六月、七日、八时，意思是：人过五十活年年，过了六十活月月，到了七十活天天，过了八十活时时。像我这样的七旬老人，今天有你，说不定明天阎王爷就把你拘捕去了！所以生前必须做好死后的事，免得临闭眼时后悔来不及。

于是，才有了姐姐打越洋电话，让我立即回国这事。

在飞机上我苦思冥想，父亲如此为一纸根本不存在争议可能的遗嘱，煞费苦心，夜以继日，翻来覆去地修改，到底是因为传统观念使然，还是毕生养成的一种褊狭固执个性作怪？到底是生活习性起了主导作用，还是一种文化理念的制约和固守？抑或是几种因素混杂而成的精神合剂注入了父亲的脑髓？

　　随着漫漫的长空旅行，我想起一些有关父亲个性的往事，并以我所知的事实为依据，来自我阐释和剖析父亲因病住院以来的行为状态。

　　首先想到的是父亲那颗硕大的"光头"。从我开始记忆起，父亲的头上从来就没有留过发。他的朋友和同事用陕西关中方言一直说他是个"电光头"。父亲剃光头，倒不是因为头圆，好看，而恰恰相反，父亲的头正像朋友们开玩笑说的，是个南北吊，即，正面看，比较窄；侧面看，显得宽。朋友甚至说，形成这种样态的原因经考证得知：父亲的后脑勺特大，就像电影中的外星人那样。很多时候，大家都说父亲的头是个宝葫芦，那里面装满了几十麻袋的中国汉字和词汇，比当年康熙字典里收录的字还多，比现代电脑里储存的汉字和词汇还多！因此上，也被誉为"活字典"！可是尽管父亲的脑瓜里装的汉字多，关中人的话：头大心不愎么！可当时的景况是，你毕竟是一个城里的高中语文教师呀！你往讲台上一站，那颗硕大的、看上去稀奇古怪的葫芦状大头，首先就先声夺人地把同学们的视线和注意力吸引到你那百看不厌、越看越有兴趣看的光头上，一个个忍俊不禁，低头捂嘴地偷笑，这到底影响教学质量嘛！为此，学校领导三番五次地找父亲谈话：

"哎——钟老师啊，"校长说，"当然了，留什么头，是你的权利和自由，依法律，任何人不得干涉，但是，你毕竟是个教师，自古师道尊严，你往讲台上一站，同学们只看你头，这到底影响讲课质量嘛！是不是？这留发不留发，对教学质量而言，也是'头顶'大事啊！你能不能，唉？设法改革改革，发型学校不苛求，好歹留些发，或戴个帽儿什么的，行不？"

"不行！"父亲斩钉截铁道，"这是我一生的习惯，我有一百条不留发的理由。如果领导嫌我留光头影响教学质量，把我调到图书馆，或干脆赶出学校行了！"

于是，父亲几十年来就一直站在这个学校的讲台上。一是同学们喜欢他，那笑实质是爱意，丝毫不带讽刺意味，反而觉得好玩，可亲可近。更重要的是，凡父亲带过的学生，每年高考，语文成绩都名列前茅，特别有两次，全省的文科状元，不但就出在这个学校，也正好就是父亲带出来的学生。因为语文得分高，因而提高了总分。

后来不但校长，而且老师们和同学们都知道了，父亲坚决不留发的最根本原因，也并不是他说的所谓一生的习惯，而是和那一个"洋"字过不去，就像过去不许人把"土豆"说成"洋芋"，把火柴说成"洋火"，事实上，当时人们把男人留发叫"留洋楼"！父亲说，从古到今，特别到了近年，无论男女，人们在头顶做尽了文章，要完了花样。父亲认为那是庸俗、无聊、没意思。所以，不管别人如何千奇百怪地在头发上变换花样，他可以容忍，但就是和那个"洋"字过不去。别人他挡不住，他自己就是要以不变应万变，到死光头！

细想起来，父亲不仅坚持光头是为和那个"洋"字作对，就连衣着、鞋子，同样也和一个"洋"字为敌。过去听人说，父亲从小只穿中国传统的对门襟褂儿、衫儿、棉袄，就是鞋，也总是一双圆口老粗布鞋穿到双腿一蹬不动了。这也和留光头一样，校长找父亲谈话说：

"钟老师啊，你真的就买不起一双皮鞋吗？真皮买不起人造革也行啊！都什么年月了，你上课仍是对门襟衫子，脚上老是一双圆口粗布鞋，我不是反对传统，咱也不是武术学校整天教练气功和太极拳，在咱这城市高级中学，你这粗衣布鞋，是不是总给人一种乡下农民的感觉？学生或来我校参观学习的、或欲把孩子送来上学的，一旦有了这种感觉，是不是对你的知识水平、执教能力以及我校的师资实力，就下眼观看了？民间虽有'不能以貌取人'的说法，但我们毕竟是一座现代城市高级中学，你毕竟是教师，你的衣着打扮该不该有点榜样作用？该不该和学校的知识氛围和整体形象相吻合一下？"

父亲说："你给学生都制作统一校服，能不能给教师也统一制作校服？再说了，即使穿了农民服装，就辱没学校整体形象了？中国十多亿人，过去七十二行，现在不知有多少行，哪一行人的老祖先不是农民？穿个农民服装就不能教书了？你知道不知道，咱三原出了个于右任，创办复旦大学、上海大学、西北农林大学，后来当了国民党政府的检察院院长，政府里大多数官员学洋人，西装革履，而于右任布衣、

244

布袍、布袜、布鞋，一直穿到八十六岁入了棺材。你能说他不是知识分子？你能说蒋介石就因了于右任的穿着影响了几个大学和政府的形象吗？"

晴空万里，没一丝云。没了参照物的飞机像是定在了空中似的。机翼在阳光的照射下发出刺眼的银光。我一直沉浸在对父亲的回忆中，不知此时是几点几分，也不知此时飞机飞到了何地上空。这时，妻子忽然问我：

"化仁，我刚想到问你一件事，我们很快就要见到敬爱的爸爸了，爸爸会用外语说话吗？"

我用英语回答："见到爸爸，千万别提到'外'字、'洋'字，这些都是爸爸不共戴天的死敌。还在爸爸未退休的那些年代，外语在中国被称作'洋文'，而爸爸一生就和这一个'洋'字过不去。再说，爸爸几乎是一个汉语专家，痴迷者，对外语却一窍不通，很反对别人在他面前用'洋文'说话！"

"真奇怪！"妻子听我如是说，很惊讶，摊开双手，扬眉瞪眼地问，"这是为什么？真不可思议！"

我说："爸爸是个老传统，而且偏狭、固执，死记着当年所有外国列强都欺负中国，所以对外国人，也就是所谓的洋人，一律嫉恶如仇，恨之入骨。"

妻子摇着头，觉得不可理解，接着问："外语既是爸爸的敌人，为什么会同意你学英语？还让你到国外来？那我现在就是一个外国人，爸爸对我也恨之入骨吗？真可怕！"

我回答妻子："爸爸就我一个儿子，是爸爸唯一的继承人。中国有句古语，叫'可怜天下父母心'，人人望子成龙，为了儿子有前程，不忍也得忍。至于你，爸爸会喜欢，更不会恨之入骨。"

妻子还是不明白，又问："为什么会喜欢我?"

我说："有两个原因：一是中国有句成语，叫'爱屋及乌'，意思是，喜欢一个人，连带着也喜欢和这个人有关的人或物。你现在是我的爱人，爸爸爱我，也就连带着爱你；二是按中国的习俗，女人嫁给男方，就是男方家里的人了。你嫁给我这个中国男人，也就是中国人了。"

妻子又反问我："你不是已经拿到美国绿卡了吗?"

我说："我是美籍华人，本质上仍是一个中国人。"

妻子接问："那我们的小孩呢?"

我说："华人后裔，本质上同样是中国人。国籍可改，种族不变。"

妻子突然话锋一转问我："我既然成为你这个中国人的妻子，你为什么不教我中文?"

我窘迫地回答："这是一个很大的疏忽。你不记得么？我们一直全身心地投入工作。更重要的是，我们一直和孩子生活在一起，无论是供职之处，还是家庭生活，都没有处在不说华语不行的环境，都顺其自然地一直说英语。结果造成了这种失误。"

妻子忽然顾虑起来问我："爸爸不懂英语，那我们见了面，怎么和爸爸说话?"

我只好皱眉安慰妻子："这只能靠我翻译了。"

妻子若有所思地回过头去，用英语喊了一声趴在舷窗上朝大洋观看的孩子："钟美!"

钟美转过身，走过来站在妻子怀里。而我一下子又沉进对父亲一生的回忆中。由于妻子刚才的问话，我的回忆就不再是父亲关于什么财产继承，还有什么神秘铁匣子，而是转到父亲与外语和中文的话题上来了。而且一旦转到这方面，父亲那固执、褊狭简直到了令人费解和不可思议、十分难以接受的地步！

　　和所有人一样，父亲本来是有自己的真名实姓的，但据说并不被人常常叫起。人家依父亲的个性、追求、偏爱以及形象等诸多元素给他起了不少外号。不过叫得最多并长期保留下来的一个是"钟大头"，另一个是"钟老孔"。作为儿子，也不想打听这里的"孔"到底是指孔子，还是孔乙己，因为我是不愿听也不想记。

　　父亲一九五八年上高中。那时节，因为美、英、法、德等资本主义国家一直都是中国的死敌。虽然苏联还没和中国翻脸，同时也因为朝鲜、阿尔巴尼亚虽是中国兄弟般的友好国家，但毕竟太小，其国语上不了中国大、中学校课堂，所以全国所有中学以及大学的外语教材，依然是苏联老大哥的母语——俄语。然而对于父亲，无论是精神层面，还是语言器官的舌头而言，一切外语，都是毒素、毒液、硬化剂！比如父亲喊一声"儿子"的"儿"字时，舌头还能像两个世纪前美国西部牛仔头上的毡帽一样两边朝上翻卷，可是对全世界卷舌音使用频率最高、强度最大的俄语来说，父亲的舌头倔犟、僵硬得就像他的生性，死活就翻卷不起，简直就像一块坚硬的小钢板！所以他坚决拒学。俄语老师马语奇是北京外国语学院的高才生。据说在校时两个苏联语言专家包教马语奇一个中国学生。可是刚要毕业，马被打成右派，一家伙被"流放"到父亲上高中的这所中学当了一名俄语教师。马老师苦口婆心劝父亲，问父亲为什么拒学外语？父亲说，没用！马老师说，你长大了，走向社会了，就知道了，学外语的用处可大了，学好了就有大出息；掌握了外语，可以搞翻译，可以出国留学，可以去中国驻外国大使馆工作，特别有运气的话，还可以陪领导去外国访问，等等；就具体地说眼下，你高中毕业考大学，外语要占很重要的分数呢！

马老师说了一大堆，父亲的回答却极简单："我宁愿不考大学去当农民，也不硬卷着舌头学外语！更不想留洋！"

结果是：因为父亲除了外语，其他门门课都是高分，居然考上了一所大学的中文系！

上了大学，直至被分配到他终生供职的那所高级中学，父亲依然如故地反对外语，一门心思地深研中文，甚至在和同事关于语言的争辩中，把尽力鼓励学生学外语的老师当汉奸、卖国贼一样批判，为此甚至敢于犯上，偏执得令人咋舌。父亲和人争论时，据理力争说：

"依我看，教育部养了一帮卖国贼！在教学科目设置上存在媚洋崇外，甚至培养通敌分子的问题。试想，中国近十亿人，搞翻译、搞外交的人能占多大比例？可是无论在高中和大学，无论你要考文科还是理科，外语却是要每个学生必学的主课！这简直就是浪费年轻的生命，掠夺多数青年的智力和精力！外语到底是什么怪东西？能与博大精深的中文相提并论吗?！在我认为，全世界任何语言，都是不能和产生、繁衍、应用、完善、丰富、臻美了几千年的中华汉语言文字相媲美的！洋文都是由词组成，而中文不但有词，而且更有组成词语的单字。用起来灵活方便，理解了只要死记就行，不存在外语变格、变位、变这、变那的问题。中文无论字、词、句，既简单明了，又内涵丰富。声、形、静、动，尽呈万象！汉字一字之功，可及'三美'！其形、音、意三位一体，形美可以赏目，音美可以悦耳，意美可以感心。许多词、字的发音本身就是客观世界的再现。比如'轰'的一声炮响；溪流'汩汩'而淌。从许多象形字的字形即可直接看出事物的形态和动态。比如'飛'，比如'馬'，比如'人'等。很多情况是一个单字和另一个单字可以组合成数十个词，而且意义各不相同。比如一个'打'字，和其他单字组合成的词可以表达上百种意思：打人、打造、打包、打搅、打量、打车、打鱼、打探、打坐、打雷、打折、打通、打动、打手、打官司、打麻将……许多时候，同样两个字，组词时前后位置调换一下，表达出的意思就会完全不同。比如'人文'指人类社会的各种文化现象；而'文人'则指专门从事文化工作的人。'人生'的意思是人的生命和生活；而'生人'则指不认识的人。有时在同一个词里面，换一个音同而字不同的字，这个词所含的意思就会深化得单纯而有趣，比如说你很'幸福'是说你的生活或境遇美满如意，而说你很'性福'则只指你的性生活很满意。又比如很有'前途'指你前面的道路很光明，而很有'钱途'则专指你将来会发大财。汉字组词造句，简单易学却奥妙无穷。比如古诗中'春风又绿江南岸'中的'绿'；'独钓寒江雪'中的'钓'；'一览众山小'中的'览'；'窗含西岭千秋雪'中的

'含'……如此等等，真是既简单明了，又内涵丰富，读起来像唱歌一样动听，写出来像画儿一样好看！不管世界多么纷繁、复杂、奥妙、神奇，其中的音韵、色彩、样式、动态、内涵、情感，都可以涵纳于汉字简洁的笔画之中，这是人类任何其他语种都无法企及，无法相媲美的！"

父亲慷慨激昂，口若悬河，引经据典，说得头头是道。虽过激，别人则辩他不过，只好随他自行其道了。可是也正因了他的这种偏执、过激、较劲，后来遇到的几次语言关隘风波，差点就使父亲的人生夭折！

那年全国汉语文字改革有人竟提出用汉语拼音取代汉字有形的书写。这样一来，中文在形式上完全成了外文，父亲火冒三丈立即感到了亡国灭族的危险。听说父亲当时迫不及待地背上干粮，坐上火车去京寻找汉字改革委员会论理，一路在火车上大难临头似的不住地一遍又一遍地唱国歌："中华民族到了，最危险的时候，每个人被迫着发出最后的吼声！"招来众目斜视。甚至有人躲开，不和父亲并坐，说这人是个疯子。遗憾的是，当时家里经济拮据，父亲所带盘费不足，住不起旅社，像流浪汉一样露宿街头。父亲不认路，也无钱搭车，心里想着："就权当锻炼身体呢！"在大街上一边慢跑，一边向人打听，几次被巡警拦住，以为是外地盲流人员，差点给弄到派出所去。父亲就这样连找六天，连去中央汉字改革委员会的路都没有找到。父亲掐指一算，如果再找一天，连回家都回不了了，于是打道回陕。回家后他在执教的学校采取了一系列紧急措施：父亲立即找出翻译小说——法国作家都德所写的短篇小说《最后一课》，让全年级的学生反复阅读、背诵、讨论、认真写出读后感。父亲危言耸听说：

"同学们！文字是一个国家、民族文化的象征！灵魂符号！文化不灭，则国不亡，族不灭。而我们中国现在面临的危情险局，就和《最后一课》中，被德国普鲁士军队占领的法国阿尔萨斯和洛林两省只准教德文，不许学法语的情势一样了！提出用拼音取代汉字有形书写的人就像德国普鲁士军队，他们提出用拼音取代汉字有形书写的方案，一旦形成决议并实行，那我们就永远不能看到传承数千年的美丽的汉字了！再也不能书写图画一样有形、有音、有色、有意的汉字了！所以，在决定公布之前，我们必须夜以继日地书写，书写我们的汉字！分秒不可停！"

父亲和同学们每讲一次，就哭一次，声泪俱下，场面煞是感人。

可是许多老师和火车上父亲遇到的旅客一样，要么说父亲精神上出了问题，急需就医；要么说父亲是当代文化人中那位老是对小孩说"茴香豆"的"茴"字有四种写法的孔乙己！

过了半年，并未出台什么以拼音取代汉字书写的决定。父亲松了一口气，也白受惊，白战斗一场。可是一想起来就后怕，就心惊肉跳，这种后怕一直都伴随着父亲耿耿于怀直到因为语言离开人世。

飞机终于没有跟上太阳。因我专心一意地沉浸在对父亲的回忆中，也不知过了多少时辰，飞机就在上海虹桥机场降落了。偌大上海，因了各种高大新颖的现代建筑，以至妻子艾妮丝和儿子钟美都没有因为来到一个贫穷落后的异国他乡而产生沮丧感。我们在转航至西安·咸阳机场前，先电话告诉姐姐，我们已经抵达上海，不停就转航飞回西安。

来机场接机的是姐夫高亮节。姐夫说，姐姐已经把我们飞抵上海的消息告诉了父亲。父亲情绪激动，精神亢奋，仿佛儿子一家归来的消息将他全身的病魔像风扫残云一样一扫而光了。是啊！父亲很快就要见到阔别八年的我和从未见面的儿媳及孙儿了。今天不仅能当面相见，而且还能当面对话了！就是我，尽管在他眼底长大，可毕竟八年了，长高了多少？长胖了，还是瘦了？长黑了，还是白了？他毕竟只有我这一个儿子啊！姐夫说，父亲仿佛要给我见面礼似的，等不得我们到西安，就要人把那只谁也不知藏有什么宝物的铁匣子拿到医院。他要亲手交给我。还有就是那份斟字酌句改来改去关于财产继承的遗嘱，拿出来又反复斟酌，以臻完善，再亲手交给我。

姐夫这样说了，我们就商量，是先去医院看父亲，再去家里搁行李；还是先去家放下行李，再去医院看父亲？最后，由于父子儿媳急于相见，加上从机场去家里正好路过父亲所住的医院，自然就决定先去医院。

由于姐姐的努力，父亲住在医院二楼一间单独的病房里。上了二楼，姐夫直接推开病房门。我含泪出现在父亲面前，叫了声："爸！"妻子、儿子也分别用英语叫了声"爸爸""爷爷"。父亲只愣了一下，就只转面看着我，急于起身。我和姐姐同时稳住父亲，不要父亲起身，但是不行，父亲还是在我们帮助下挣扎着半躺半坐靠在床背上。紧接着，妻子、儿子都急忙走到病床前。这时，父亲才又把目光移到孙子身上，几乎一扫又移到妻子脸上，茫然地看了一眼，又把目光移回到孙子身上。父亲那样新奇、惊喜、兴奋，目光不停地快速在儿媳和孙子脸上、身上移动，知道这是自己的儿媳和孙儿，但又恍惚如梦，若是若非。最后把目光定在孙儿身上，上下打量。我儿子这时不知如何是好地看我一眼。我立即说：

"快问爷爷好。"

儿子就仰脸看着爷爷说："爷爷好！"

父亲听不懂，皱了下眉，看着我，不知所云。

我立即给父亲翻译说："你孙子问爷爷好呢！"

父亲苦笑了一下，回答说："嗯，爷爷好，爷爷好。宝宝也好。"

儿子听不懂，回头看我。我又立即对儿子把父亲的话翻译了一下。

接下来父亲问孙子："叫什么名儿来着？"

儿子回过头，以猜谜的神情看我。我立即翻译："爷爷问你叫什么名字呢。"

儿子笑着点头对父亲说："我名字叫钟美。"

父亲没有听懂"我的名字"几个字，但是显然听出了他孙子的名字叫钟美。因为无论哪个国家的语言，无论中译外，还是外译中，人名多为音译。父亲听到钟美，脸上洋溢出兴奋满足的神情，说："这回我听懂了。"父亲得意地说："宝宝的名字叫钟美，对吧？好！这个名字好！'钟''中'同音，既好听，又有意义。我过去说过远缘杂交是优生的话，美国姑娘中国汉，孩子一定优秀！过去美、英等大国都说中国人是东亚病夫，现在心甘情愿把姑娘嫁给中国人为妻。哈哈，中国人民真是从此站起来了！现在中美友好，习主席和奥巴马商谈，中美两国已建立了新型大国关系。中美合作，对全世界有益。孙儿的名字体现了这点。汉语真伟大，难怪奥巴马说往后每年要往中国派五万名留学生来学我们的汉语呢！"

父亲说完，又转面对儿媳，不知怎么说话，妻子不用看我，就问候父亲："爸爸好！"

父亲听了瞠目结舌，如闻天书，一个字也听不懂，就皱着眉头看我。我立即给父亲翻译说：

"你儿媳问爸爸好呢！"

父亲哭笑不得地侧目看我，又回头问儿媳："叫什么名儿来着？从前只看过照片、录像，不知道名字。"

妻子也听得云里雾里，又问我父亲在说什么？我用英语告诉了妻子。妻子用刚刚在场学会的中文唯一的一个"我"字，再加上英文名字告诉父亲：

"我的名字叫艾妮丝。"

父亲立即脸灰了，眼直了，哆嗦着嘴唇说："什么？爱你死？这叫什么名字？怎么能起这样的名字呢？这名字告诉谁，就希望谁死啊！今天来医院，不希望爸我死，我也得死了！"

我连忙向父亲解释："爸，你莫要生气。你儿媳妇的名字翻译成中文不是你说的那几个字。这里的'艾'是草字头，下边加个义。'妮'是'女'字旁边加尼姑的'尼'。还有'丝'

是'丝'不是'死'，就是丝绸之路的那个'丝'。外国人名字常常带'si'，男人翻译过来常写为'斯'。如恩格斯、斯大林等；女人翻译过来就是丝绸之路的'丝'了，如爱丽丝、乔妮丝等。"可是，不管我怎么解释，父亲仍不以为然地批评道："不管叫什么'妮'，也不管叫什么'丝'，也不管'爱'你死，还是'瞧'你死，你说这不绕口、不难听吗？有意义吗？中国从古到今，无论男女，有多少人名字里加丝带妮呢？尼姑也不是人名字呀！化仁啊，爸今天揭底儿问你，你娶媳妇八年了，娃也五岁了，难道媳妇和娃一个中国字都不认识，都不会写，连一句中国话都不会讲吗？"

父亲的脸色一会儿红一会儿白，可怕得令人恐怖，嘴唇抖动得难以自控。父亲悲伤道：

"好啊，你是中国人，说得一口流利的外国话。而媳妇，当了中国人的妻子，孩子成了中国人的子孙，倒不认识一个中国字，不会讲一句中国话。你这个中国人当得好啊！这到底因为什么啊？"

父亲说着，老泪纵横。我惭愧得无地自容，屈胸垂首几乎跪倒下来。我说：

"爸，这都是我的错。自古人说忠孝不能两全，而我既对国不忠，也对父不孝。实情是，自我们在美国结婚，生了孩子，无论家庭生活，还是社会工作，一直不存在不认识中国字、不讲中国话过不去的场合和情况。加上忙于工作，将教妻子、孩子学汉语的事就严重地疏忽了。我这样说，肯定没人相信，因为我疏忽得太过分了。可这是实情啊。爸，千错万错，是儿的错，爸莫要气坏了。从今起，我立即开始教他们就是了。"

父亲怒气未消道："今天你开始了，可是爸没以后了。爸再没机会听儿媳说中国话，看孙子写中国字了。"

父亲情绪波动，哽咽得无法再说下去，静了几秒钟才一字一句顿着嗓子说："化仁，你们刚、刚下飞机，怕是没有吃饭吧？你、你们先去放行李，弄口饭吃，爸这会儿感觉特不好，想静一会儿……"

我心慌意乱，手足无措。姐姐就说："弟，听爸的吧。爸情绪烦躁。你看爸的脸色很不好，确实需要休息，需要安静一会儿。你带媳妇和娃先回家放下行李，叫你姐夫弄口吃的。爸这里我照看着。你快走吧。"

我惴惴不安地带着妻子、孩子，由姐夫开车送至父亲家中。可是我们行李还未搬完，姐姐又突然给姐夫打手机，要我一个人分秒不停地赶紧返回医院。

我脑子里"轰！"的一下，心如悬空，未及给妻子、儿子安排，就让姐夫立即送我返回医院。我飞跑进父亲病房，见姐姐俯在父亲身上号啕大哭，已知不祥，待奔至病床前，见父亲已经故去。半小时前我离开医院时，父亲脸上那忽红忽白的面色已然变得惨白，双眼痴呆呆地半睁着，留下一副僵硬的、痛苦而失望的神情。我见状牛吼一般叫了声"爸——"就扑上去抱住父亲遗体忘命地哭吼起来。姐姐见我掏心撕肺，哭得悲痛欲绝，反而止了哭，拿出父亲的一张遗嘱，对我说：

"兄弟，咱爸走了，伤心没用了，你看看咱爸的临终遗嘱吧。"

听姐姐说什么遗嘱，我毫不理会。我一边哭，一边吼："我要咱爸！不要什么遗嘱！"

姐姐仍坚持说："你还是看看咱爸这张遗嘱吧。你刚离开医院，爸就抖着双手，撕毁了原先千修万改拟定好关于财产继承的遗嘱，要笔，要纸，遗恨万分地挣扎着重新写下这份最后的遗嘱。看看这份最后的遗嘱，你就会知道今天咱爸为什么这么快，这么猝不及防地离开我们，离开人世了！"

听姐姐说父亲最后的遗嘱和当即去世有关，我惊疑地松开父亲的遗体，泪汪汪地接过姐姐手中父亲的遗嘱，展在眼底，我泪眼蒙眬地看见父亲在一张纸上赫然写下了四个大字：

勿忘母语！！！

我心如鼓擂地看见在"勿忘母语"四个大字后面加上去的三个惊叹号。我当即明白了姐姐要我看父亲遗嘱的原因：我的归来，成了父亲的催命鬼！妻子、儿子在和父亲的对话中，那些个外语成了父亲的催命符！我当父亲面承认妻子、儿子不认识一个汉字，不会说一句中国话成了父亲很快去世的咒语！我万恶不赦地咚一声跪倒在父亲遗体床下，双手握拳，砸自己的头，恨不能当场自焚，当即跳下万丈悬崖跌进地狱！跳入大海，让汹涌狂涛撕碎五脏六腑和全身肌肤！姐姐见状又说：

"弟，悔之已晚。你现在起来打开咱爸留下的这只铁匣吧。咱爸改完遗嘱，就把铁匣子上的钥匙让我交给你。咱爸也没有告诉我匣子里珍藏的是什么。姐姐我想，肯定就是咱爸给你留下的最重要的遗产了！"

我抖动着双手，接过由姐姐递给我留下的铁匣子上的钥匙。尽管我也不知道铁匣子里藏的什么，但在我心里，或对我来说无论是什么都已成为圣物。我左手像圣徒按住《圣经》一样按在铁匣子上边，右手毕恭毕敬地用钥匙打开那把铜制小锁，又万分珍重地打开匣盖。这时，突然在我的心镜和视觉里似有一股耀眼的光芒从匣里闪射出来。我凝目向匣内看去，眼里不禁流出两行泪来。我看见匣内是父亲生前用了一辈子的两本辞书：一本是《新华字典》，另一本则是《现代汉语词典》！两本辞书陈旧得比历史博物馆里藏的红军战士的衣帽、挎包还要厉害。纸质发黄，边角磨损。从封面到内页可以看见父亲用胶水、胶带纸等物对辞书像修复文物一样无数次修补。我一打开辞书，父亲的气息立即冲鼻而来，几乎每页纸面都浸润着父亲可嗅的汗渍和血味。仔细翻阅，每页纸面上，在它的上页眉、下页脚、右书口和左边缝甚至多处字里行间，父亲都用红蓝铅笔或圆珠笔圈圈点点，画满了红杠杠、蓝道道，有些地方还注明了重点或自己对某词语的理解。看到这些，我忽然想到，父亲生前，无论谁问他，一生最爱读的书是什么？父亲都不假思索地回答："《新华字典》和《现代汉语词典》！"

我泪汪汪地看过父亲留给我的两本辞书，双膝一落，又跪在父亲病床下地上，把父亲的遗嘱和词典、字典以及铁匣子紧紧抱在胸口，想起几小时前在归途飞机上对父亲一生的回顾，又想到今天父亲在和妻子、儿子说话之后遗憾故去的情景，心如刀绞，双眼泉涌般落下无声的泪水！是啊，父亲，你一生钟爱汉字、汉语。你如此执着，把整个一生的心血、精力、智慧及全部生命和汉语言文字融在一起，凝结在一起。毕生学习、研究、捍卫、传授，可是到了后辈，你的儿子竟然将它疏忽了！失传了！你的儿媳、你的孙子竟然不认识，也不会写一个汉字！及至你去世前，没能用汉语交谈哪怕是一句话！当初，父亲你以万般理由拒学外语，和一个"洋"字抗争到底。可到头来，你的儿子不但喜欢外语，成绩还超过其他一切学科，不但如此，最后竟移居国外，娶了洋人女儿为妻，并生下一个半中半洋的儿子！对于视母语为命根子的父亲而言，你儿的行径本已属叛逆，造成对父亲致命的伤害。但是，可怜天下父母心，八年前母亲因病故去，丢下父亲一个孤单老人，一切希望都寄托在后辈儿孙身上，结果……

越思越想，泪越如泉涌。这时我突然仿佛听见父亲一声久远的呼唤：

"娃，记得小时候爸爸为什么给你起名叫钟化仁吗？'钟''中'同音，'化''华'同音，'仁''人'同音，你读后面三个字的同音，回答父亲：你还是一个'中华人'吗？再想想，如果现在中国人都像你媳妇和你娃一样，那中国还像个中国吗？"

图书在版编目（CIP）数据

纪念奶奶川美秀子的两棵樱花树 / 文兰 著 . -- 北京 ：作家出版社，2018. 5

ISBN 978-7-5212-0049-2

Ⅰ . ①纪… Ⅱ . ①文… Ⅲ . ①中篇小说 – 小说集 – 中国 – 当代 ②短篇小说 – 小说集 – 中国 – 当代 Ⅳ . ①I247.7

中国版本图书馆 CIP 数据核字（2018）第 109425 号

纪念奶奶川美秀子的两棵樱花树

作　　者：文　兰
责任编辑：田小爽
装帧设计：祝玉华
出版发行：作家出版社
社　　址：北京农展馆南里 10 号　　　邮　　编：100125
电话传真：86–10–65930756（出版发行部）
　　　　　86–10–65004079（总编室）
　　　　　86–10–65015116（邮购部）
E–mail:zuojia@zuojia.net.cn
http://www.haozuojia.com（作家在线）
印　　刷：北京玺诚印务有限公司
成品尺寸：142×210
字　　数：170 千
印　　张：8.25
版　　次：2018 年 7 月第 1 版
印　　次：2018 年 7 月第 1 次印刷
ISBN　978-7-5212-0049-2
定　　价：36.00 元